Desde las cenizas

Claudia Amengual

Desde las cenizas

© Claudia Amengual, 2005
© De esta edición: Aguilar, Altea, Taurus, Alfaguara S. A. 2005
Leandro N. Alem 720, (1001) Ciudad de Buenos Aires

ISBN: 987-04-0104-X

Hecho el depósito que indica la ley 11.723
Impreso en la Argentina. *Printed in Argentina*
Primera edición: mayo de 2005

Diseño: Proyecto de Enric Satué
Cubierta: Adriana Yoel
Ilustración de cubierta: Lasar Segall, *Encuentro*, 1924
Óleo sobre tela, 66 x 54 cm
Museo Lasar Segall, San Pablo

Una editorial del Grupo Santillana que edita en:
Argentina - Bolivia - Brasil - Colombia - Costa Rica - Chile -
Ecuador - El Salvador - España - EE.UU. - Guatemala -
Honduras - México - Panamá - Paraguay - Perú - Portugal -
Puerto Rico - República Dominicana - Uruguay - Venezuela

Amengual, Claudia
Desde la cenizas.- Narrativa Uruguaya - 1a ed. - Buenos Aires : Aguilar, Altea,
Taurus, Alfaguara, 2005.
168 p. ; 23x14 cm.

ISBN 987-04-0104-X

1. Narrativa Uruguaya I. Título
CDD U863.

A mamá y a Carlos.
En memoria de papá.

"...serán cenizas, mas tendrán sentido..."

Francisco de Quevedo

I

Al principio, fue el miedo.

***

A las nueve de la mañana, Diana encendió el primer cigarrillo y se buscó en el reflejo azul de la pantalla. Descubrió la punta roja de la brasita y más atrás sus ojos igualmente brillantes, como anhelando. Y ya no se vio más, porque entró en el universo virtual desplegado ante sí, una promesa de algo que podía ser o no, pero que le daba una razón para salir de la cama.

Diana sentía desde hacía tiempo que el miedo anestesiaba su voluntad. Se agazapaba en la penumbra de la razón, disfrazado de sensatez, como una araña que teje una tela de hilos imperceptibles y espera. Sabía que, al final, el miedo siempre mata; pero esta vez el aire estaba volviéndose irrespirable y la desesperación hizo que el miedo se transformara en un manotazo al vacío, hacia cualquier cosa mejor que aquella abulia en la que transcurrían los días.

Cuando llegó el segundo mensaje, se estremeció con una alegría que la arrancó de su cuerpo por unos minutos. Tiempo atrás había renunciado a la juventud y, con ella, al entusiasmo que ilumina una mañana cualquiera o hace nacer ganas de mirarse al espejo. Y así se convenció de que la madurez pasaba por dejarse marchitar sin dar pelea, como si el destino fuera nada más que una vejez que gotea anticipada en una piel todavía joven. Ahora, le daba una cierta vergüenza reconocerse en el desasosiego de esta mujer a la espera del mensaje de un desconocido. Sentía una corriente de emociones olvidadas lanzarse como rayos por sus venas y estallar en pulsos acelerados, ínfimos orgasmos deshechos en polvo de estrellas. Cada tanto, sin embargo, si era demasiado evidente que su cuerpo respondía como vigía de una posible felicidad, el sentido del propio ridículo se transformaba en antídoto contra aquel erotismo incipiente, y la paralizaba.

Cuando Nando trajo la computadora, Diana la había mirado con desconfianza, como se mira una bolsa de leche sin fecha de vencimiento. Se refería a ella como "la máquina", casi siempre para quejarse porque ocupaba demasiado lugar en el cuarto. La habían puesto en un rincón junto a la ventana, sobre una mesita metálica que nada tenía que ver con la cama de roble tallado. A Diana tampoco le gustaba la luz blanca que Nando se había empecinado en instalar. Un día, sin aviso, su dormitorio empezó a parecerle un quirófano.

Tocó la tierra de la tuna y vio que todavía conservaba algo de humedad. En alguna revista había leído que las tunas absorben la radiación, y no dudó en comprar la más grande que encontró en el vivero. Parecía un pepino enorme cubierto de espinas y un botón rojo en la punta amenazaba con ser flor en cualquier momento. Sabía de sobra que una tuna en el dormitorio era un detalle hostil, pero se divertía con una dosis de crueldad cuando pensaba que la decoración de aquel cuarto le importaba cada vez menos. El pimpollo llevaba demasiado tiempo siendo promesa de flor y Diana empezaba a creer que se marchitaría sin haber abierto.

Si no hubiera sido por su hermana, jamás habría cedido a la tentación de prenderla. Pero Gabriela consiguió aquella beca en Lima y todo empezó a cambiar. Le dio la excusa para perderle respeto a "la máquina" odiosa, aquel pulpo metido en su cuarto, aunque desde hacía poco más de un mes ya no eran las noticias de Gabriela las que buscaba cada día. Estaba ansiosa. Vivía ansiosa. Abría su casilla esperando encontrar algo de lo que no estaba segura, algo que le diera vuelta las horas, que le removiera la rutina de un zarpazo. Algo como aquel mensaje que encontró un mes atrás y que tuvo el efecto de una dulzura recuperada en apenas unas torpes líneas. Tantos años de seguridad, tanto orden y ahora necesitaba de esa incertidumbre con la que empezaba cada día.

Fue sin querer. Gabriela insistió en que se comunicaran de ese modo y, aunque ella trató de mantenerse firme y hablar por teléfono, las facturas a fin de mes la dejaron sin opción. Un día, a escondidas y maldiciéndose, le mandó el primer mensaje electrónico; breve, una especie de telegrama, sin el menor gusto, como para dejar claro que le molestaba tener que hacerlo. Pero cuando Gabriela respondió, minutos más tarde, diciendo que no podía creer que se hubiera producido el milagro, tuvo que reconocer que algo se le apretó en la garganta. Después, vino la disciplina, el hábito de abrir al menos una vez al día su casilla y contestar lo que hubiera, desechar las ofertas de productos, desconfiar de remitentes desconocidos, buscar en un cigarrillo la paciencia para esperar que bajaran las imágenes de paisajes y las frasecitas estúpidas con saldos de filosofía en liquidación. Todo un mundo con sus reglas y una nueva ansiedad descontrolada en la que apenas se reconocía. La mujer predecible que parecía tener dominio sobre sus impulsos corría como loca a sumergirse en el cristal líquido de una pantalla fría que a veces se llenaba de tibieza, donde podía entrar libre de ataduras mientras dejaba quemar la comida sin el menor remordimiento.

Gabriela tiraba el primer naipe de algún mensaje provocador y Diana seguía el juego con respuestas escuetas; pero pronto descubrió el placer de expresarse con tiempo. Escribía largas cartas, cuidaba la forma, le pedía a Gabriela que fuera más atenta, que escribir rápido no significaba hacerlo mal, que a ver si se iba al diablo la educación, que dónde estaban las tildes y las comas. Y Gabriela le respondía a borbotones, sin una segunda lectura, sin tiempo para correcciones ni ortografías. Le contaba de la estimulante vida en la universidad, de las ventajas de tener la piel blanca y los ojos claros, de un limeño que le mandaba flores amarillas, de un restaurante construido sobre el agua en un muelle que se adentraba en el Pacífico, de una estatua enorme con una pareja enlazada en un beso eterno, de una playa de estacionamiento junto al océano adonde iban a hacer el amor; y de una mujer arrugada que vendía preservativos y papel a la entrada.

A Nando lo divirtió esa pequeña victoria, pero nada dijo. La miraba desde la cama, escondido tras el libro de turno o el diario del domingo que nunca terminaba de leer. La miraba como descubriendo, aunque hacía tiempo que no se sorprendían, y guardaban de los primeros asombros nada más que una nostalgia hecha cenizas. Tuvieron una etapa en la que hasta el sonido esmerilado de las medias de seda ya era motivo para hacer de la noche una fiesta; pero desde hacía un tiempo podían repetir mentalmente los gestos del otro y predecir con exactitud las reacciones a las preguntas de siempre. También por eso hablaban menos y, cada tanto, cuando necesitaban aferrarse a la tabla suelta de aquel naufragio, se engañaban repitiéndose que les bastaba una mirada para entenderse.

Ahora había alguien para quien todo significaba el prodigio de un descubrimiento y que, además, se mostraba interesado en la insignificancia de sus días grises de mujer casada. Desde aquella noche de hacía poco más de un mes cuando Diana estuvo a punto de borrar un mensaje que venía pegado al de Gabriela y no traía asunto. Era un mensaje enviado por error. Diana lo reenvió al remitente con una pequeña nota donde aclaraba la equivocación. Recibió una contestación en la que le agradecían la buena voluntad. Y ella, sin saber por qué cedía al impulso, volvió a responder amabilidad con cortesía y dejó una hendija abierta para una comunicación que, inexplicablemente, fue creciendo hasta convertirse en droga.

Apenas Nando le daba el beso de despedida, Diana saltaba de la cama e inauguraba el ritual del día con una ansiedad de niña caprichosa que disfrutaba de aquel placer demorado. En eso consistía el juego: la espera diluida en incógnitas que eran como un infinito de espejos enfrentados abiertos hacia posibilidades locas; toda la fantasía proyectada en la ilusión de una vida nueva.

Diana rogaba que fueran mensajes largos para prolongar algunos segundos el disfrute, y se quedaba contemplando, la mirada en blanco, las letras convertidas en hormiguitas zigzagueantes sin decidirse a hacer foco sobre las palabras, temerosa de que aquello fuera una decepción, angustiada porque el goce de la lectura se consumiera en sí mismo y abriera una brecha en la rutina que entraba implacable y se instalaba hasta el mensaje siguiente.

Los suyos eran breves, estudiados hasta la última letra, para habilitar nuevos espacios sin dejar que el miedo fuera evidente. Primero, fue miedo a lo desconocido; después, terror a levantarse un día y no encontrar respuesta. Él le contó que se le había colado en un sueño en el que la imaginaba sin conocerla y ella sonreía mientras suplicaba que se lo contara; y él se esmeraba en una delicadeza descriptiva que no pudo ser mejor afrodisíaco. Ella, ahora, reía, reía porque todo esto le parecía una locura maravillosa, la travesura anacrónica de dos adolescentes experimentando lo divertido que puede ser el amor.

"La máquina" se había transformado en una obsesión. Era lo primero que buscaba al despertar y lo último antes de meterse en la cama. Si estaba en la casa durante el día, consultaba la casilla cada vez con mayor frecuencia. Se desesperaba cuando aquellos mensajes no estaban. Empezó a fumar con locura y a masticarse la punta del pelo.

Hacía poco más de un mes que esto había comenzado y ahora, sin preámbulo, llegaba ese mensaje de Gabriela. Una vuelta inesperada, en pocos días, para quedarse por un tiempo que tampoco precisaba. Llegaba el jueves. Quería que Diana fuera a buscarla al aeropuerto. Sola. Nada de bienvenidas. Diana le envió un mensaje con mil preguntas, pero sólo obtuvo silencio, como si Gabriela se hubiera desconectado para emprender aquel extraño regreso.

De: *Granuja*
Para: *Diana*
Enviado: *viernes, 23 de mayo de 2003, 00:19*
Asunto: *QUIEN SOS?*

Hola, Diana, muchas gracias por tu mail. No sabia si ibas a responder. Pense que no ibas a tener tiempo para contestarle a un extraño. La verdad es que no se si tenes tiempo, si te sobra o te falta. Quien sos? Te imagino una mujer muy ejecutiva. No me preguntes por que, pero asi te imagino. Donde trabajas? Tenes hijos? En cualquier caso, se nota que te importan los demas. Eso ya es bastante. Nadie se hubiera tomado el trabajo de mandar de vuelta mi mail como vos lo hiciste. Te debo una. Podre devolverte la gentileza algun dia? De que color son tus ojos?
Un beso.
G.
PD. Perdon, pero mi maquina no marca tildes.

De: *Diana*
Para: *Granuja*
Enviado: *viernes, 23 de mayo de 2003, 00:45*
Asunto: *¿Cómo voy a seguir...*

...escribiendo a alguien que se llama Granuja? Antes de preguntar tanto, señor, podría decirme su nombre, ¿no

*le parece? Y después veremos si me devuelve o no la genti-
leza. Me alegra que el negocio haya salido. Seguro que,
sea lo que sea, es más divertido que mi vida. Eso te lo
puedo firmar.*

*¿El color de mis ojos? Marrón, lo lamento. No es muy
emocionante una mujer con ojos marrones, pero es lo que
hay. Saludos.*

Diana

II

El aeropuerto parecía un mar humano que se movía al ritmo del altoparlante. Las despedidas no eran aquellos deseos de viajes felices, sino adioses largos cargados de incertidumbre; la cruel imagen de un país que se dispersa desangrándose.

Diana llegó temprano y se sentó en las butacas verdes. El panorama no podía ser más desolador. Los viejos despedían a los hijos que salían despavoridos en el primer avión a pelear un lugar en cualquier horizonte y, en muchos casos, terminaban lavando platos gringos. Una mujer alta, muy arreglada, con un perrito blanco en una caja plástica llamó la atención de Diana. Estuvo mirándola mientras se acomodaba el cabello y bromeaba con un par de adolescentes que mascaban chicle. Después, se acercó hasta el mostrador y despachó dos maletas duras y la caja con el perrito. Apenas oyó el primer llamado para su vuelo, se apresuró a despedirse. Unos golpecitos en la cabeza de cada uno, la llave de algún auto y unos billetes dados al descuido. Eso fue todo. Giró elegantemente, como si hubiera hecho aquello cientos de veces y atravesó la puerta con aires de reina. Salió un par de segundos después, con expresión de haber olvidado algo, pero los muchachos ya estaban cerca de la salida, tintineando las llaves y riendo a carcajadas. Diana lo observó todo como si fuera una pequeña escena de alguna película y no pudo evitar pensar que hay algunos perros con más suerte que otros.

El resto de los pasajeros fue desapareciendo de a poco. Al final, sólo quedaban los más tristes, los que no se decidían a ese penúltimo abrazo. Pero la despedida era impuesta por el despotismo cordial de los altoparlantes y se deshacía en promesas de regresos que nadie creía. Después, llegar allá y ser persona de segunda, deambular bajo tierra por las galerías del metro como topos perdidos, vendiendo chucherías; los espejitos de colores que alguna vez ellos trajeron y cambiaron por el oro que ahora exhiben con impúdico orgullo en sus catedrales. Subir al metro y ver cómo algunos ojos se empañan de melancolía cuando suena una triste "Cumparsita", mientras arriba, en la superficie, la vida está llena de colores y hay una brisa de esperanza reservada para otros.

Diana los veía despegarse de los brazos queridos, sacudirse a las madres con empujones cariñosos y pensaba cuándo le tocaría a ella despedir a sus hijos. Pensaba en la vocación decidida de Marcos y en los quince años de Andrés, que acababa de pedir una batería para su cumpleaños. Pensaba que Tomás todavía la besaba antes de ir al colegio. Tomás, tan desconcertado con esa voz áspera que estrenaba y aun así, tan niño. ¿Cómo se le dice a un hijo que no hay lugar para sus sueños?

Subió hasta la cafetería para apurar los minutos. No entendía este regreso de Gabriela. Dos años sin verse. Y esa nueva relación mantenida con su hermana a través del correo electrónico. El correo electrónico... Sintió las cosquillas conocidas en el estómago. Otra vez aparecía "él" y se le instalaba en el pensamiento. Olvidó por un momento a la hermana que llegaba, para adentrarse en el goce del recuerdo. El último mensaje traía tanta sensualidad que, al evocarlo, instintivamente había apretado las piernas, como si quisiera contener allá abajo una sensación deliciosa. Desde hacía un mes, Diana la tonta, Diana adolescente con su primera carta de amor, no hacía otra cosa que pensar en eso. Sonrió. Sonreía cada vez que se acordaba. La divertía pensar que tenía un secreto, un amante cibernético, una infidelidad a distancia. Inofensiva.

El avión acababa de aterrizar. Diana respiró con ganas para darse ánimos y salir pronto del divague existencial en el que, a menudo, se perdía. Cuando estaba inmersa en eso, servía para poco y nada. Ahora debía estar atenta para cuidar de Gabriela. Aquel regreso fuera de tiempo no presagiaba nada bueno. Se detuvo antes de bajar las escaleras y pensó que no había sido inteligente elegir tacos altos, aunque le gustaba el efecto que producían en sus piernas y se miraba en cuanto espejo podía o en el reflejo robado al pasar ante cualquier vidriera. Le gustaba más, aún, cuando comprobaba que los hombres quedaban con la mirada prendida de su paso, como si llevara un imán en cada pantorrilla. Pero una escalera encerada no era la mejor pasarela para lucirse. Se tomó del pasamano y comenzó el lento descenso, un poco de costado, como alguna vez había oído que hacen las vedettes.

Gabriela estaba de pie, ante una maleta abierta y discutía con el hombre de Aduanas que movía la cabeza como diciendo que no había la menor posibilidad de algo que Diana procuraba adivinar tras los cristales. "Ropa nueva, seguro que es exceso de ropa", pensó, y

la recordó negándose a usar dos veces el mismo vestido, comprando cuanto trapo encontraba en las liqui-
daciones de temporada, enloquecida por no poder cos-
tear una botas de caña alta. Pero la discusión comenzó
a tomar ribetes exagerados. El hombre llamó a otro y
ambos estuvieron un buen rato contemplando la maleta, ante la furia de Gabriela, que hablaba en un tono
amenazante. Llevaba un bolso de mano del que no se
desprendía y en el que nadie parecía reparar. Se aferra-
ba a él con tal devoción que a Diana le resultó extraño
que no lo notaran. Si algo había de clandestino en el
equipaje de su hermana, venía sin dudas en ese pequeño bolso.

Decidieron abrir la segunda maleta. Gabriela parecía más tranquila, ahora. Con un aire de estudiada
sensualidad, hurgó en su escote hasta que extrajo una
cadena con una llavecita. Apenas destrabó la cerradura, un estallido de papeles dejó un reguero blanco en
el piso. Gabriela no se inmutó. Miraba a los hombres
y les ganaba la pulseada a fuerza de pura seducción;
parecía una domadora con su látigo pronto para taje-
ar el aire. En un gesto rápido, tomó, como al descuido, uno de los libros que había en la maleta y lo extendió hacia los hombres con cara de ingenua
mientras les hablaba sin parar. Parecía tener algo
entre las páginas. Diana los vio turbarse y devolver el
libro que Gabriela conservó bajo el brazo. Diana lamentaba no poder ayudar desde afuera, pero había
algo en la actitud de su hermana que indicaba que
aquello sería cuestión de segundos. Y no demoró
mucho en ver cómo los dos hombres se arrodillaban
para juntar el papelerío, mientras Gabriela volvía la
llavecita a su lugar y los miraba desde la altura. Por

fin, atravesó las puertas con expresión de picardía infantil. Intercambió miradas con su hermana y soltó una carcajada. Se apretaron en un abrazo hasta que alguien les dijo que entorpecían el tránsito de los demás pasajeros.

—¡La misma loca de siempre! ¿Qué traías? —preguntó Diana.

—Cosas mías.

—Pero, casi te dejan, ¿eh?

Gabriela hizo un gesto irreverente.

—Sí, sí, ahora porque estás de este lado, pero un poquito más y... ¿cuánto les diste?

—Nada.

—Te vi. En el libro.

Gabriela repitió la carcajada y Diana pensó que dos años sin verse eran demasiado tiempo.

—¿Este libro? —y se lo extendió a la hermana con aquella complicidad de la infancia que ambas entendían.

Diana miró la portada con una foto de una pareja desnuda, entreverada en una posición más propia de un contorsionista que de una sesión amorosa.

—No ves que sos una loca. ¿Y qué les dijiste?

—Les dije que era sexóloga, que venía de un congreso, ¿ves?; también les mostré esta acreditación que siempre tengo, por las dudas. Eso los impresiona mucho.

Diana le dedicó una mirada de admiración que se multiplicó en sorpresa cuando vio que aquello que abultaba en el libro era una toallita femenina puesta entre sus páginas a modo de marcador.

De: Granuja
Para: Diana
Enviado: miércoles 9 de julio de 2003, 00:35
Asunto: MAÑANA

Preciosa, hace un mes que sueño con una cara imagi-
nada. Cuando voy a conocerte? Sabes que no borre ni un
mensaje desde que empezamos a escribirnos? Hoy los conte
y son mas de setenta. Y algunos, larguisimos. Por que no
puedo verte? No seras una viejita libidinosa que se apro-
vecha de este cuarenton en pena, no? Hoy tuve un dia im-
bancable. Puros problemas. Todo se complico y estoy mo-
lido. Me voy a la cama apenas termine de escribirte.
Muerto de frio. Esta casa es demasiado grande para mi,
pero no quiero mudarme. Estaba en pedazos cuando la
compre y la hice a mi gusto. Claro que tenia otra vida en
mente, pero, viste como son las cosas, a veces cambia todo
en un segundo. Decime que me aceptas un cafecito. Dale,
linda, un cafecito, nada mas. Que te parece mañana?
Mira, cambie de idea, voy a quedarme aqui sentado
hasta que me contestes. Si ves en el diario que aparecio un
tipo congelado frente a una computadora, sera tu culpa.
Te mando un beso, dos besos, tres, todos los besos.
G.

De: Diana
Para: Granuja
Enviado: miércoles 9 de julio de 2003, 07:45
Asunto: Me tengo fe, caballero

¿Viejita libidinosa? Pero, ¿quién se cree usted que es?
Para que sepa, todavía no piso los cuarenta y lo que llevo,

lo llevo muy bien. No seré una diosa, pero me tengo fe, caballero. Y si no he querido verlo es porque usted es más misterioso que yo. ¿Más de setenta mails, dice? Y sigue sin decirme su nombre. ¿Qué puedo pensar? Algo grande habrá que lo quiere esconder tanto. Me temo lo peor.

Mañana tampoco podrá ser. Llega mi hermana de Lima. Tengo que ir a buscarla al aeropuerto. ¡Uy! No me diga que se quedó toda la noche esperando mi respuesta, ¡pobrecito! Es que ayer me acosté temprano y recién hoy lo encuentro por aquí. Espero que no se haya enfriado. Yo también le mando unos cuantos besos.

Diana

P.D.: El otro día le mandé un mail con una falta de ortografía horrible. Creo que fue "precencia" o algo así. Le pasé el corrector después y ahí saltó, aunque vio que uno no puede confiar mucho en estos correctores. Uno no puede confiar en nada.

III

—No sabía que manejaras tan bien —Gabriela se arrepintió al instante—. Discúlpame.

—No me molesta, cuando te fuiste no manejaba. Estaba paralizada. No me preguntes qué me sacudió, pero no quería seguir así. Sobre todo porque lo recargaba a Nando.

—¿Cómo está mi cuñadito?

—Contento de verte.

—¿Buen mozo?

—El de siempre. Nada más tiene unas canas que...

—¡Uh! Ya me lo imagino. Cuarentón irresistible.

Diana la miró con algo de tristeza.

—Puede ser. Yo lo noto igual que antes.

—Y tú estás más delgada. ¿Qué haces para estar así?

—Escuchame, payasa, ¿querés dejar ese tonito peruano insoportable?

—Se me pegó —rió Gabriela—. Lo peor es que ahora hablo un cocoliche del demonio. Hay días en que ando vos para aquí, vos para allá. Al otro, vuelvo al tú. Hay gente en la universidad que me quiere estudiar como un fenómeno de aculturación o no sé qué.

—Dejate de bobadas. Decime, ¿se me nota que estoy más flaca?

—Siempre fuiste flaca, pero ahora estás como con cinturita.

—Dieta.

—A ver si se me contagia. Me vendría bien rebajar un poco.

Tomaron una curva que les abrió el paisaje a la ciudad. Gabriela suspiró y forzó un espacio de silencio en el que sólo había lugar para los recuerdos. La silueta de los edificios se recortaba sobre el atardecer. "Los cielos de mi país son los cielos más hermosos del mundo", pensó. Desvió la mirada hacia el río pardo, tan ancho como un mar, añorado en las tardes limeñas cuando veía el océano estrellarse contra los murallones en espumaradas blancas y se le anudaba el pecho pensando que por nada cambiaría las aguas revueltas de su viejo río.

***

Dos cosas había extrañado en Lima: la rambla costanera y el dulce de leche. Lo demás la había envuelto en un torbellino de sensaciones nuevas sin tiempo para nostalgias, pero por las noches, cuando la cama se volvía demasiado ancha, hubiera dado cualquier cosa por una cucharada. Anduvo días buscando algún sustituto que le calmara el antojo. Cuanto probaba le sabía a una mala copia, hasta que en la universidad alguien le dijo que en un restaurante argentino vendían dulce de leche casero a precio de oro.

El restaurante era una parrillada decorada con elementos camperos: rebenques, estribos y una rueda de carreta contra la pared del fondo, junto a un aljibe. La fachada colonial, con un imponente balcón de estilo morisco, no presagiaba el interior vicario de los campos del sur. Adentro, las carnes alineadas con un encanto que oscilaba entre el rigor científico y el arte buscaban su punto exacto; los ajíes abiertos a la mitad interrumpían la monotonía de achuras cuyo origen era mejor ignorar; envueltos en papel plateado, crujían papas y boniatos. Y allá al fondo, ardiendo en brasas intensas como un infierno bajo control, crepitaba la leña y se deshacía en humos aromáticos.

El asador era un hombrón de espaldas cuadradas que se rehusó con vehemencia a llevar gorro de cocinero y prefirió un casquito blanco que apenas le tapaba la pelada tan perfecta como una tonsura clerical. Vestía un delantal salpicado con sangre, que exhibía orgullosamente como prueba de su condición de parrillero de ley, y se enfurecía cuando alguien lo llamaba chef, oficio para maricones, según decía, porque aquello era cosa de machos y mejor que se cuidara quien se atreviera a meter mano en su parrilla.

Gabriela no reparó en el gigante la noche en que fue por primera vez a La Pampa. Se sintió perdida cuando le preguntaron si prefería el área para no fumadores.

—Dulce de leche —dijo.

La moza puso cara de fastidio y explicó lo obvio con obligada cortesía.

—Eso es un postre, señorita.

Gabriela, que necesitaba poco para activar su arrogancia, se sentó a la primera mesa que encontró libre y exageró su acento rioplatense para que aquella limeñita boba entendiera quién sabía más allí.

—¿No digás? Vos sabés que yo pensé que era un aperitivo.

—La señorita tiene que cenar, primero.

Horacio seguía la conversación desde atrás del mostrador. Observó a Gabriela y pensó que aquellas caderas serían maravillosas en acción. Se acercó con sigilo. Antes de verlo, Gabriela olió su presencia por encima de los vahos de la parrilla.

—¿Puedo ayudarte?

A la primera mirada, le pareció atractivo. Trató de disimularlo, pero ella también despedía un olor diferente, esa luz verde que habilita el segundo paso. Tiempo después, recordando aquella noche, Gabriela pensó que cada vez que un hombre y una mujer se encuentran, el instinto hace una rápida evaluación que presagia un posible "sí" o el "no" más inquebrantable.

La arrogancia se transformó en nerviosismo. Quería controlarse, pero el esfuerzo parecía empeorar las cosas. Con un ademán coqueto, acomodó el mechón rojizo que le caía sobre los hombros. La segunda señal. Horacio sabía que una mujer turbada por la presencia de un hombre casi siempre se toca el pelo. Decidió que era momento para el golpe de gracia y, sin esperar invitación, se sentó junto a ella.

—¿Entonces? —preguntó casi divertido.

—Entonces, que no sé cuál es el problema. ¿Hay o no hay dulce de leche?

Horacio asintió a la moza que apareció con un bol pequeño rebosante de dulce. Gabriela quedó perpleja. Todo aquello resultaba ridículo.

—Me expresé mal. Lo que quiero es comprar dulce de leche. Llevármelo.

—Se extraña, ¿verdad?

—Mucho —respondió Gabriela y sintió que algo se aflojaba en su voz.

Él le alcanzó la cuchara sin dejar de mirarla. Noches más tarde, una madrugada boca al cielo, Gabriela le confesó que aquel mínimo gesto le había quebrado la guardia. Una pequeñez apenas, una mirada o la palabra justa que desarma cualquier defensa; de todo se sirve el amor para ir expandiendo sus redes mucho antes de que uno se dé cuenta.

***

—Quedaste callada —dijo Diana.

—Extrañaba esto. El aire huele distinto.

—No me dijiste hasta cuándo pensás quedarte.

Gabriela la miró como si aquella pregunta fuera un absurdo. Diana desvió el auto hacia una loma que trepaba varios metros y ofrecía un descanso con una vista imponente sobre la costa. Bajaron. Gabriela estiró los brazos y respiró profundamente, con los ojos cerrados. Diana abrió la puerta y se quedó sentada de costado, con las piernas hacia afuera.

—No sé.

—¿Cómo que no sabés?

—Y sí, no sé. ¿Molesto?

—Podés quedarte el tiempo que quieras, no es eso...

—Hablás como si fuera extranjera. Por supuesto que puedo quedarme el tiempo que quiera. Ésta es mi casa.

—No seas boba, Gaby. Nadie te está echando. Pero llegás así, de golpe. Hasta hace poco contabas maravillas...

—Vamos a la playa.

—¡¿Ahora?! ¡¿Con este frío?!

—Sí, ahora, ¿qué gracia tiene bajar en verano?

Diana rezongó y cerró el auto. Apenas había guardado las llaves en la cartera cuando sintió un tirón de la mano y se vio arrastrada cuesta abajo en una carrera de tacos altos que tuvieron que frenar para no ser arrolladas por los autos que transitaban por la senda costanera. Estaban agitadas, las mejillas rojas, como en los mejores tiempos de la niñez, cuando jugaban a deslizarse por los taludes de la casa de verano. Gabriela respiraba con dificultad.

—¿Estás bien?

—Hace tiempo que no me sentía así. Crucemos.

Se descalzaron al pisar la arena. Gabriela fue hasta la orilla y pateó el agua, que se deshizo en una miríada de gotitas plateadas. Diana observaba. Aquello empezaba a gustarle, pero por algún motivo sentía que alguien debía mantener la cordura y trataba en vano de decir algo solemne. El viento hubiera sido una excusa coherente, también las medias de seda empapadas, el auto mal estacionado, la arena cubierta de ramas y plásticos que la resaca había dejado la noche anterior; o el frío que subía por los pies y calaba cada centímetro de piel. El frío bastaba para volver. Pero no pudo articular una sola razón más poderosa que las ganas de estar allí.

Gabriela practicaba un paso de ballet. Los brazos estirados a los lados para buscar el equilibrio; un pie en punta describía un semicírculo al frente. Descanso. Luego, el otro pie por delante del primero, en otro semicírculo, hasta ir dejando tras de sí un rastro de arcos inacabados que el agua venía a lamer tan pronto ella daba unos pocos pasos. Giró. Se había apagado la euforia y estaba agotada. La arena recién surcada aparecía lisa, como si nadie la hubiera pisado.

—¿Ves? Se me hace difícil dejar una huella.

Diana la imitó sobre la arena seca, Un pie adelante. Descanso. El otro pie. Las marcas quedaban a salvo del río, pero eran tenues, casi imperceptibles. Los granitos sueltos iban llenando los espacios que los pies dejaban. Diana quedó suspendida en el escenario de aquella playa vacía, como si acabara de recibir una revelación divina. Miró a su hermana con infinita ternura.

—A mí también —fue todo lo que pudo decir.

De: Diana
Para: Granuja
Enviado: jueves, 10 de julio de 2003, 13:27
Asunto: Un poco a las apuradas...

... le escribo. Recién llegué del aeropuerto con mi hermana. Está bien, aunque algo rara. Todavía no hemos tenido tiempo de hablar como Dios manda. Hoy pensé mucho en usted. Si viera qué linda ropa me compré para esperar a Gaby. En realidad, me la compré pensando en usted. Todo muy loco, ¿verdad? Ni siquiera sé cuáles son sus gustos. Cuénteme más, por favor. Cuénteme qué le gusta comer y su color preferido. ¿Va al cine? Que viaja, ya sé porque me lo ha dicho, pero ¿sólo por trabajo? ¿Y por placer? ¿Qué hace por placer?
Diana

De: Granuja
Para: Diana
Enviado: jueves, 10 de julio de 2003, 15:00
Asunto: MMM...

Y que tipo de ropa? Diga que estoy trabajando, porque
si no...
G.

IV

Lo primero que hizo Gabriela al entrar a la casa fue buscar el retrato familiar en la pared, detrás del sillón azul. Había sido una experiencia divertida. Diana, Nando y los chicos, disfrazados con ropas típicas de la Revolución Francesa, posando sobre un fondo sepia. El detalle era el marco muy cargado, dorado a la hoja, que transformaba el cuadro en una pieza descomunal. La sesión fotográfica había tomado horas, incluyendo la elección de vestuario y el maquillaje, para el que casi tuvieron que atar a Marcos. Diana estaba preciosa, con un vestido de brocato que le resaltaba la estudiada palidez del rostro. Y Nando, que al principio se resistió y que terminó accediendo para darle el gusto a ella, fue el que más disfrutó eligiendo traje y estropeando una y otra toma con la lengua afuera como un recién guillotinado. Cuando lo trajeron, cinco años atrás, organizaron una cena familiar para celebrarlo y terminaron la noche en una parranda memorable con los chicos en el cine y los padres en la cama. Ahora, casi nadie en la casa reparaba en el cuadro y, cuando lo hacían, pensaban en silencio, con extraordinaria unanimidad, que ya era hora de cambiar la decoración.

Gabriela sonrió al comprobar que estaba torcido. Así lo había visto las últimas veces, antes de partir hacia Lima, y así lo encontró al regreso. El peso era tan grande que se desequilibraba con facilidad y nadie parecía interesado en enderezarlo. Se sentó en el sillón y palmeó el almohadón a su lado, invitando, pero Diana negó con la cabeza y se puso a preparar café. Fue hasta su dormitorio, encendió un cigarrillo y la computadora.

—No podés estar quieta, ¿eh? —gritó Gabriela.

—La costumbre —contestó Diana desde el dormitorio.

—Y hoy, ¿cómo te arreglaste?

—Pedí unos días.

—¿Por mí?

—¡Claro! ¿Por quién iba a ser?

La cafetera empezaba a borbotar y el aroma del café vino a entibiar los ánimos. Diana se acomodó en el piso, cerca de las piernas de su hermana.

—Hay mucho para conversar, Gaby. Ni siquiera entiendo esta vuelta, así, de golpe.

Gabriela intentó una sonrisa que se truncó en una mueca triste. Como hacía siempre que quería evitar una respuesta, fue ella quien preguntó.

—Y tú, ¿cómo estás?

—¿Yo? Bien, acá nunca pasa nada. Los chicos están enormes. Sólo por eso me doy cuenta de cómo se va el tiempo.

—¿Dónde están?

—De vacaciones.

—¡¿Solos?!

—Solitos. ¡Bah! Con los padres de Nando, que es casi lo mismo. Hacen lo que quieren.

—No puedo creer. ¿Cómo te convencieron?

—Ya no tienen que convencerme, Gaby. Me sacan una cabeza. Se van y chau.

—A ver... mirame. ¿Un poco tristona?

—No, para nada. Cansada, nomás.

Hubiera querido decir aburrida, pero le habría exigido una explicación que no tenía ganas de dar. Pensó en la sutil diferencia entre cansancio y aburrimiento y calculó que la distancia estaba en el amor que se iba agotando. Se levantó a servir el café, pero antes entró al dormitorio y consultó la casilla de correos. Nada. Por un instante, olvidó a Gabriela y se ensombreció. Sabía que la dependencia afectiva que la ligaba a esos mensajes no era buena. Y, sin embargo, le gustaba la ilusión de la espera, aunque a veces acabara en frustración. Volvió a la sala y sirvió el café.

—¿Edulcorante, como siempre?

—No, tres de azúcar.

—¿Desde cuándo?

—Desde hace seis meses.

—¡Cuánta precisión! ¿Qué pasó hace seis meses?

—Me lo recomendó el médico.

—Gaby, ¿estuviste enferma?

Gabriela se llevó la taza a la boca. Se pasó la lengua por los labios y dilató la respuesta todo lo que pudo.

—¿Tú vas al médico sólo cuando estás enferma? —Hizo un breve silencio, se apretó la nariz con el índice y el pulgar, bajó los párpados.— Estuve embarazada.

Diana se tomó unos segundos para valorar si aquello no era una broma de mal gusto y buscó en el rostro de su hermana algún resto de ironía, alguna mueca que delatara la intención de hacerla quedar como una tonta.

—No es una de tus pavadas, ¿verdad?

—¿A vos te parece que puedo jugar con eso?

—¿Y me lo decís así?

—¿Cómo querés que te lo diga? ¿Preñada? ¿Encinta? ¿Te gusta más?

—Me gusta que hables claro. Ya me imaginaba que algo raro traías; no ibas a volver porque sí, nomás. Pero, ¿me querés decir por qué tanto misterio? Una vez en la vida, una única vez podrías hacer las cosas bien, Gabriela.

—Para eso estás vos.

—Dejate de sarcasmos, ¿querés? ¿Cómo que estuviste embarazada? ¿Estuviste? ¿Cuándo, estuviste? Me vas a enloquecer.

Gabriela resopló con algo de fastidio. Se mordió el labio inferior y miró a su hermana con un brillo de decepción que dejó traslucir en el tono de sus palabras.

—No fue buena idea. Podría ir a un hotel.

—No seas boba. Me ofenderías. Ésta es tu casa.

—Sí, pero Nando...

—Nando te quiere y, además —suspiró—, por lo que está... ¿Vas a contarme o no?

—OK, pero antes dejame tomar un poco de aire.

Afuera se descolgó una lluvia intensa. Gabriela saltó del sillón y salió al jardín.

***

Nando tenía un buen empleo en una empresa del Estado. Ganaba bien y viajaba a menudo. Los viajes eran la mejor parte del trabajo: clase ejecutiva, hoteles de primera y autos de revista. Dinero dulce que caía del cielo con una facilidad sorprendente. Con aquella prosperidad que a nadie parecía costarle el menor sacrificio, también tenía acceso a ciertas mujeres que aparecían en bandada atraídas por la fiesta sin compromiso.

La primera vez fue difícil, sobre todo al regreso, cuando vio a Diana y a Tomás en el aeropuerto. La culpa se le vino encima y lo abatió por varios días. Pero hubo un nuevo viaje, y otro, y otro más, y aquello se le volvió una costumbre deliciosa, un aspecto del disfrute que parecía estúpido rechazar. Nando sabía que eran relaciones furtivas suavizadas por el piadoso velo que tiende la distancia, sin lazos afectivos que pudieran hacer temblar la estructura de su hogar. Terminó convenciéndose de que no había nada de malo en sus infidelidades, mientras Diana no se enterara. Se repetía que aquélla no era una actitud cínica, sino inteligente. ¿Para qué hacerla sufrir si él siempre terminaba volviendo?

Con el tiempo, se hizo experto en detectar candidatas que no fueran a complicarle la vida. El anillo de bodas era un ingrediente tan apetecible como unos pechos generosos o unas piernas bien torneadas. Las prefería menudas, con la piel firme y bronceada. El cabello y los ojos daban igual, tanto que alguna vez se sorprendió apoltronado en su asiento en medio del Atlántico, después de algunos vasos de escocés, tratando de recordar infructuosamente si aquella pechugona de la noche anterior era rubia o morena.

Pero Nando no contó con el amor. Hacía un año, había conocido a una ingeniera joven que le mostró las fotos de sus hijos la vez que salieron a tomar el primer café de la obviedad. Era una mujer brillante y requirió un trabajo de orfebre llevársela a la cama. Cuando le confesó que estaba divorciándose, ya era tarde. Nando había quedado atrapado en una red que parecía apretarse cuanto más se esforzaba en escapar y no hubo más remedio que aceptar que cualquier empeño por evitar el amor no hacía más que fortalecerlo. Aquello estaba fuera de sus cálculos. Había sido la ternura la puerta de entrada a un universo que creía irrecuperable; un día se despertó con la cabeza apoyada en el vientre de ella y sintió la encantadora asfixia que produce el exceso de felicidad. "Creo que me estoy enamorando", le dijo bajito, como un secreto. Victoria entreabrió los ojos, pero no respondió.

Nando no podía vivir sin saber que la tenía al alcance de una llamada telefónica y ya no supo mirar a otras mujeres. Una vez, en Innsbruck, encontró en su cama a una vieja conocida y no se resistió porque prefirió cumplir con el trámite antes que ponerse a negociar para sacársela de encima. Pero no quiso que se quedara. Dormir con una mujer era cosa seria. Podía hacer el amor con cualquiera, pero compartir la intimidad del sueño se le hacía compatible sólo con el amor. Ahora, nada más quería dormir con Victoria.

Al principio, se encontraban en la casa de ella, cuando los hijos salían con el padre, pero pronto sintieron la necesidad de tener un espacio propio donde no hubiera que preocuparse por la impuntualidad del ex marido, que tanto se retrasaba para ir a buscarlos como adelantaba el regreso. Nando alquiló un pequeño apartamento en un edificio a medio camino entre las dos casas. No había más que cocina, heladera y cama, pero les pareció el único lugar en el mundo al que querían regresar cada tarde. Victoria tenía el espíritu práctico de las madres profesionales y no se complicó con cuestiones románticas como flores frescas o plantas que regar; colgó cortinas transparentes y un par de láminas de Braque. También se ocupó de que en la heladera tuvieran lo suficiente y en el baño lo indispensable. No había necesidad de transformar aquello en un hogar; de un hogar venían ambos y era preferible que no hubiera nada demasiado evocador de la otra vida paralela. Decidió que allí nadie cocinaría, sólo comida comprada; no iba a jugar a la mujercita perfecta; era poco el tiempo que tenían para verse y no quería perderlo en la cocina. Nando debió admitir una incipiente desilusión ante este ventarrón de practicidad, pero Victoria manejaba bien los hilos de la seducción y no tuvo más que llevarlo hasta la cama abierta, donde sí había cuidado el detalle de unas sábanas de seda, para hacerlo sentir el hombre más importante del universo.

Alguna vez le había preguntado por Diana. Al principio, Nando se había rehusado a hablar de su familia, pero apenas sintió que el peligro se desvanecía, le pareció absurdo preservarlos de Victoria. Ahora, tenía una necesidad casi apremiante de hablar de ellos y pasaban las mejores horas después del amor emocionándose juntos con el recuerdo de los hijos.

—Es una buena mujer —le decía sin miedo a ofender la memoria de la esposa. Al volver a su casa, o cuando hacía el amor con Diana, sentía que en esos momentos y sólo entonces estaba siendo infiel.

Victoria le acariciaba la nuca con la punta de los dedos y masticaba la ansiedad; sabía de sobra que la mejor estrategia era la espera, una activa y paciente espera, mientras en la otra casa la rutina se convertía en su mejor aliada.

De: Granuja
Para: Diana
Enviado: viernes, 11 de julio de 2003, 03:47
Asunto: DEL BUEN VINO

Princesa, mira a que hora te escribo. Hoy tambien tuve un dia maratonico y recien vuelvo a casa. Me invitaron unos amigos a tomar algo. No tenia ganas porque estaba molido, pero insisten en que no puedo vivir para trabajar y casi me secuestran. Fuimos a un boliche lindisimo, con una vista espectacular. Ya te llevare. Si me dejas, claro. No entiendo por que todavia no nos hemos conocido. Tenes miedo de enamorarte? No me hagas caso, tome demasiado. Tambien el buen vino tiene su medida. Chau, linda. Estoy empezando a extrañarte.
G.

De: Diana
Para: Granuja
Enviado: viernes, 11 de julio de 2003, 7:59
Asunto: (sin asunto)

Me alegra que hayas salido con tus amigos. Qué bueno que te diviertas tanto. Y no tengo miedo de enamorarme. Uno se enamora de quien puede, no de quien quiere. Chau.
Diana

V

Lucio decidió que aquella mañana prepararía el desayuno. Le tomó varios minutos salir de la cama deslizando cada parte del cuerpo con cuidado para no despertar a Mercedes. Encontró una única pantufla y prefirió bajar descalzo.

La cocina estaba impecable, como siempre. Mercedes jamás se acostaba sin guardar hasta el último cubierto y limpiar las huellas en el mármol de la mesada. Lucio recorrió cada detalle con el asombro de quien descubre un planeta desconocido. Todo allí recordaba a su mujer. Pensó que la guarda celeste no iba con la cerámica del piso. Mercedes había elegido la decoración sin consultarlo, como hacía con todo en aquella casa de la que era dueña y reina. Y ahora, estaba allí, descalzo, a las seis de la mañana, en medio de una cocina que no le gustaba y que, sin embargo, era la suya.

—¿Dónde carajo está el azúcar? —dijo en voz alta y acentuó el mal humor del despertar.

Demasiados armarios. Demasiados. Pensó que tampoco sabía dónde guardaba Mercedes las bandejas, ni qué perilla encendía cada hornalla. Abrió una pequeña alacena y destapó una lata con galletitas. "O mejor, tostadas", se dijo. "Pero, hay que hacerlas. Llevo galletitas y un jugo. Aunque ella prefiere el té. No me acuerdo si lo toma con leche." Lo abatió el desconcierto y una pereza tremenda que volvió la preparación del desayuno una tarea de titanes. Ni siquiera estaba seguro de que Mercedes quisiera desayunar. Se sirvió un vaso con agua mineral y volvió a la cama molesto por haber desperdiciado las mejores horas de sueño.

Mercedes estiró un pie y le tocó la pierna. Fue como el roce de un fósforo. Sintió la urgencia en la piel. Comenzó a acariciarla donde sabía que le avivaba el deseo, incluso dormida. Tantas veces la había visto despertar sorprendida por aquel cuerpo suyo que funcionaba con independencia de la voluntad... Ella respondió a los primeros besos con su forma lánguida de besar, pero apenas sintió que empezaba a perder control, apartó a Lucio con un movimiento brusco.

—¡Así no!

—¿Qué pasa?

—Que sabés que así no me gusta.

—¿Así cómo?

—Ya vengo —obtuvo por respuesta y la vio entrar en el baño acomodándose el camisón.

Lucio había perdido cualquier posibilidad de dormir. Nada parecía funcionar esa mañana. El mal humor venía creciendo y le dibujaba un rictus de dureza en los labios. Se dijo que era un imbécil, que no terminaba de aprender, que ya estaba harto de aquella loca que necesitaba orden hasta para hacer el amor. Miró la habitación y le repugnó tanta perfección. Se preguntó para qué tenían un despojador si nunca le colgaban ropa; para qué la funda de la funda del colchón; para qué una bañera con hidromasaje, si ella decía que los baños de inmersión eran antihigiénicos. Mercedes apareció justo cuando la hiel llegaba al límite. Estaba desnuda, llevaba sus pantuflas chinas y olía a jabón.

—Ahora sí —le dijo.

—Ahora no —contestó él con todo el orgullo que pudo juntar. Y entró en el baño para aliviarse con el calor de la ducha.

Mercedes pensó que, de todos modos, no tenía ganas. Hacía tiempo que esto era así. Un ritual cumplido con meticulosidad. Él empezaba el juego y ella seguía, aunque parecía claro que no era su ser completo el que acompañaba los movimientos ajenos, sino una mujer a medias, un cuerpo sano respondiendo mecánicamente al estímulo de otro cuerpo. Nada que la química o la física no pudieran explicar. Regresó hasta los comienzos, cuando sólo necesitaban mirarse para saber lo que querían los dos. Tenía claro que el desgaste comenzó con lo del hijo. La ilusión frustrada, al principio. Luego vino la agonía de una búsqueda dolorosa que los unió en la esperanza y los separó en el fracaso. Lucio se dio por vencido antes, y ella tomó esa entrega como un indicio claro de que el proyecto común había terminado. Desde entonces, su marido se había transformado en un instrumento para llegar al hijo, un instrumento inútil, por cierto.

Mercedes se puso una bata. Separó las cortinas. La luz blanca de la mañana le hirió los ojos. "Otro día", pensó y ordenó en su mente las actividades que le permitirían soportar las horas antes de volver a la cama, donde el sueño parecía ser el único refugio.

—¿Qué tal? —la sorprendió Lucio secándose una oreja y sonriendo como si aquel saludo fuera la primera interacción del día.

—¿Mucho trabajo hoy?

—Ajá. Creo que no voy a venir a cenar. Llega mercadería nueva, el inventario, lo de siempre —dijo mientras se ajustaba las medias y pensaba que aquella mentira valía la pena. Con frecuencia faltaba a cenar y ponía cualquier pretexto que ella jamás cuestionaba. Terminaba por ahí, solo, comiendo alguna fritanga que le sabía a gloria.

Mercedes agradeció en silencio por no tener que estropear la cocina para una cena que estaba volviéndose la obligación de cada noche.

—Yo también tengo un día pesado en la oficina. Después, me voy a tomar algo con Diana. Volvió Gabriela, ¿sabías?

Lucio negó con algo de indiferencia. Gabriela siempre lo había perturbado con sus curvas y esa insolencia provocadora con que lo trataba cuando se veían en alguna reunión de amigos. Había llegado a pensar que detrás de esas insinuaciones de adolescente calenturienta podía esconderse algún interés hacia él, pero no tuvo más que prestar una mínima atención para ver que Gabriela les meneaba el culo a todos, incluyendo a su cuñado en las narices de su propia hermana. Y esa comprobación reforzó la idea de que era imposible que semejante hembra alimentara el menor deseo hacia un infeliz como él.

—No encontré mi camisa verde.

—¿Cuál?

—La única verde que tengo. La clarita.

—¿Te fijaste si está para planchar?

—¿Dónde?

—Donde se guarda la ropa para planchar —remató ella con fingida inocencia.

Lucio la miró fastidiado y salió de la habitación sin

saludar, mientras Mercedes disfrutaba de su pequeña maldad. Se desplomó boca arriba, las piernas y los brazos abiertos, como crucificada al colchón. La cama devolvió un quejido metálico. Pensó que ya era hora de ajustar los tornillos que unían el respaldo al somier. Pero lo haría más tarde, mañana, o la semana entrante.

De: *Diana*
Para: *Granuja*
Enviado: *lunes, 14 de julio de 2003, 08:11*
Asunto: *Hoy me siento...*

...rara. Es raro que me sienta rara porque soy una persona común y nunca me pasan cosas maravillosas. Como a mi hermana. A ella, sí. Pero, bueno, hoy me levanté rara y chau. Usted, ¿cómo anda? ¿Se le arregló aquel problema con la exportación? Parecía preocupado. ¿Sabe que cuando me contaba me daban ganas de abrazarlo? A mí me pasa que cada tanto necesito un abrazo. Pero no cualquiera, eh. Un abrazo especial. Ahora, por ejemplo. Daría cualquier cosa por un abrazo.
Diana

De: *Granuja*
Para: *Diana*
Enviado: *lunes, 14 de julio de 2003, 08:17*
Asunto: *ESE ABRAZO*

Pero si lo que yo quiero es abrazarte y vos no me dejas. Que esta pasando? Por que tan triste? No me contas nada. Nada, Diana. Aunque me atreveria a adivinar muchas cosas que estan siendo cada vez mas obvias. Pero lo unico que esta claro es que no sos feliz. Y tambien se que sos una buena persona. Tengo olfato para eso. Desde el principio me pareciste linda gente. Estoy seguro de que tenes miedo de lastimar a otros, me equivoco? Dejame ser tu amigo. Dejame ayudar. Dejame darte ese abrazo. Te estoy queriendo mucho.

G.

VI

Mercedes llegó antes y pidió un cóctel de frutas. Se entretuvo adivinando intimidades. En un rincón, a salvo de la escasa luz, una pareja de edades desparejas hablaba por encima de la mesa con las cabezas tan juntas que no dejaban lugar a dudas. Tenían las manos enlazadas y la mirada fija en los ojos del otro. Y sonreían, todo el tiempo sonreían con un dejo de idiotez.

—Éstos son nuevitos —calculó y buscó cualquier distracción que la salvara de caer en el abismo de la envidia.

El mozo trajo el cóctel. Mercedes agradeció sin mirarlo, pero apenas se retiró lo observó con atención.

—Buen culo —pensó. La divertía descubrirse calibrando las curvas masculinas.

Diana la sorprendió desde atrás.

—¿Qué mirabas?

Intercambiaron un beso de costado para no estropear el maquillaje. Se evaluaron con la velocidad que da el entrenamiento de la eterna competencia. En el fondo de aquella primera reacción superficial, sin embargo, había cariño.

—Muy mona, Diana. Ese pañuelo te queda... —juntó los dedos de una mano y se besó las yemas como un cocinero italiano dando el visto bueno a la pasta.

—Igualmente, señora. Usted también se ha venido muy linda.

—¿Qué tomás?

—Otro como el tuyo.

—¿Pedimos algo para acompañar?

—Livianito. Estoy cuidándome. Te robo de lo que pidas.

—Mucha dieta, mucha pinta. ¿En qué andás?

—¿Yo? ¿Por qué?

—Porque hacía años que no te veía cuidarte.

—Ya era hora, ¿no?

—¡Por supuesto! Me parece genial, pero a tu amiga, ¿no vas a contarle?

Diana sonrió con picardía. Se ajustó un aro.

—Gaby te manda cariños.

Mercedes frunció la boca para manifestar que entendía aquella evasiva.

—¿Cómo la encontraste?

—Un poco más gordita, enigmática.

—¿Y eso?

—Fue un regreso a lo loco, como todo lo de ella. No me preocupé demasiado, al principio. Vos sabés que es una atolondrada. Hablamos bastante y me contó cosas que...

Mercedes se puso en actitud de escucha, como quien está a punto de asistir a la mayor de las revelaciones, pero Diana, en lugar de sentir hospitalidad en la atención de la otra, previó la cuota de morbo que hay en toda inquietud por una historia ajena.

—Nada importante, pero me gustaría verla más contenta.

—¿Se queda? —insistió Mercedes.

—Dice que hace un trámite y se vuelve. Aunque, vos la conocés, en un tris cambia de idea.

—¿Y la beca?

—Ah, eso marcha bien. Ha hecho buenos contactos. Parece que hay una posibilidad de que viaje a Estados Unidos. La quieren en una Universidad de Arizona. Lógico. Es joven, inteligente...

—Soltera, sin hijos —completó Mercedes con la suspicacia de quien entiende más allá de las palabras. Observó el efecto que esta apreciación produjo en su amiga.

Diana se refugió en la contemplación de la pareja que se prodigaba arrumacos en el rincón oscuro. Él le torneaba el pelo y le decía algo que ella respondía con un pie por debajo de la mesa. Sonreían, bobalicones, y el mundo se pulverizaba afuera. Mercedes los miró y ambas compartieron por unos segundos la deleitosa indiscreción de meterse en un mundo al que no habían sido convidadas.

—Lindo.

—¡Pff! Por lo que les va a durar —dijo Mercedes con todo el desprecio que rescató de su sensibilidad lastimada—. No tengo que decirte cómo funciona esto, ¿no? Al principio, puras mieles. Pero después llega un momento en que... —volvió a mirarlos; esta vez, con pena— esa luz se apaga.

—Parece que sí —contestó Diana, aunque hubiera querido decir otra cosa—. ¿Cómo va Lucio?

—Divino. Divino inútil, al santo botón.

—¡Mercedes! ¡No hables así!

Mercedes sintió el llamado de atención y torció la conversación de la mejor forma posible, que es hablando de otros.

—Bueno, pero me contabas de Gabriela.

—¿Sabés qué pensaba? Le vendría bien conocer a un hombre. ¡Ojo! No hablo de relaciones formales, pero un tipo cama afuera, que la haga sentir bien... —mientras hablaba, Diana volaba hasta su amante cibernético.

Mercedes aprovechó la distracción para estudiarla y confirmar sus sospechas. De pronto, abrió desmesuradamente los ojos y casi gritó:

—¡Bruno! ¿Te acordás de Bruno?

Diana puso cara de no entender, pero Mercedes ya se deshacía en explicaciones como si hubiera estado tramando aquello por años.

—Es un amoroso, buena gente. No es un dios que digamos, no, pero... —midió las palabras— tampoco está mal.

—Lo conozco de nombre, nada más. Pero, sos una chiflada.

—Y, ¿por qué no?

—Porque esas cosas no se fuerzan.

—Pero si no vamos a meterle a tu hermana en la cama. Lo único que vamos a hacer es presentarlos. Pensá. ¿Cuántas probabilidades hay de que se conozcan? Cero. O sea, nosotras les torcemos un poco el destino, los cruzamos, ¿se entiende? Y después, si enganchan o no, Dios dirá.

Ahora Diana estaba seria y seguía con atención a su amiga.

—Pero Bruno es casado, ¿no?

—Era, nena, era. Divorciándose y con un bajón de novela.

—No, Mercedes, ni lo sueñes. Gaby no necesita ser paño de lágrimas.

—¿De qué hablás? La depre es porque los trámites

del divorcio están enloqueciéndolo, nada más. Por otra parte, haberse librado de la mujer fue lo mejor que hizo. El drama no viene por ahí. Hace tiempo que anda a los tumbos; ha salido con varias, pero no cuaja. Lo sé porque Lucio es muy amigo. Él dice que lo que pasa es que Bruno es un tipo fino y está harto de que lo quieran cazar. Gaby me parece ideal. Sobre todo, si tiene planes de volver a Lima.

—¿Y qué ganaríamos con presentarlos, si después se van a separar?

—¡Ay, Diana! ¡Por favor! Con ese criterio nadie debería conocerse. Que la pasen bien por un tiempo. Da igual si es un mes o diez años. Ningún amor es eterno —la miró con estudiado recelo—. Decime, ¿cuánto darías por unos días de felicidad?

De: Granuja
Para: Diana
Enviado: miércoles 16 de julio de 2003, 16:32
Asunto: UN POEMA

Diana querida, no soy bueno para escribir poesia, pero hoy estuve hojeando un libro y encontre algo que me hizo pensar en vos. Es de Idea Vilariño, a ver si te gusta:

"Donde el sueño cumplido
y donde el loco amor
que todos
o que algunos
siempre
tras la serena mascara
pedimos de rodillas"

Ojala no te haya parecido cursi de mi parte. A mi me encanto. Mas tarde te escribo, linda. Haceme una sonrisita, dale.

G.

De: Diana
Para: Granuja
Enviado: miércoles, 16 de julio de 2003, 16:55
Asunto: No sé...

...si alguien me mandó un poema alguna vez. No me acuerdo y eso me pone triste. Porque alguien tendría que haberlo hecho, ¿no? Todo el mundo recibe un poema al menos una vez en la vida. O debería.

¿Qué puedo decirle? Tengo miedo de escribir una pavada. ¿Cursi, dice usted? Es lo más lindo que he recibido en años. El último regalo que me hicieron fue una lavadora. ¿Cómo va a parecerme cursi este poema?

Me gustaría saber escribir para devolverle la ternura. Pero soy un poco torpe redactando, aunque en la escuela me iba bien. Pero era más fácil porque siempre había cosas lindas para escribir. Y si no tenía nada para contar, inventaba. Pero, ahora, no tengo ganas de inventarme ninguna felicidad.

Tiene razón: siempre he ido tras el amor de rodillas.
Diana

VII

Diana prefirió volver caminando. Hubiera podido contarle a Mercedes la larga historia que Gabriela le relató la tarde de su llegada, pero hay ciertas miserias que deben quedar dentro de las murallas de la familia, un espacio en el que casi todo encuentra justificación. Y lo que no se perdona, se barre por debajo de la alfombra.

***

En Lima rara vez llueve, tanto que Gabriela salió a empaparse con el primer aguacero que cayó pocas horas después de su regreso. Abría los brazos, miraba al cielo y no le importaba malograr su querida ropa mientras giraba como un espantapájaros desquiciado.

—Es una ciudad preciosa. En su época debe de haber sido una maravilla, imagínate. Te da una sensación rara, ¿sabés? Como de princesa pobre, algo que conoció épocas de esplendor y que no termina de acomodarse del todo a la realidad. No sé cómo explicártelo, pero a mí me gusta. Pintan las casitas de colores y los hombres usan camisas llamativas, aunque no creas que es por alegres, no. Es para contrarrestar el gris del cielo. Y los parques están florecidos y verdes como si lloviera todos los días, pero es a puro riego —contó mientras se secaba—. Donde yo vivo, en San Isidro, hay un olivar antiquísimo. Cientos y cientos de olivos, una belleza.

Se iluminaba al hablar de Lima. Entonces, desaparecía la nube de tristeza y volvía a ser la Gabriela extravertida, dueña de una gracia para cautivar con sus ademanes amplios y alguna palabra inventada con tanta inteligencia que terminaba siendo adoptada por la familia. Ahora, mezclaba el uso del tú con el vos en un lenguaje nuevo que era como un híbrido nacido de su alma partida en dos.

—Y el asunto es que ya no sé cuál es mi lugar. Peor, siento que no tengo lugar. Allá, mi trabajo, la posibilidad de seguir formándome, mi casa. Pero, aquí está la familia —volvió a opacarse el brillo de los ojos—. Y los recuerdos... Creo que ése es el lastre más pesado. En fin –suspiró—, los recuerdos siempre tironean desde algún lado de la cordillera.

—Y los de allá, ¿tironean fuerte?

—No vas a parar hasta que te cuente, ¿verdad?

—¿Y qué te parece? Volvés hecha un trapo, decís que estuviste embarazada y yo tengo que hacer como que no me enteré. Contame lo que quieras, y si querés.

—Entonces tomemos algo.

—¿A esta hora?

—Si no tomo un poco, no creo que me salga todo.

Diana trajo lo primero que encontró en el barcito y que resultó un licor de naranja. Lo sirvió en unas copitas redondas y se sentó en el piso apoyada contra la biblioteca, mientras Gabriela estiraba las piernas y ponía la punta de los pies sobre las rodillas flexionadas de su hermana. La tibieza del líquido pareció templar la garganta y aprestar el ánimo.

—Te hablé de un hombre en mis mensajes, ¿verdad?

—¿El de las flores amarillas?

—No, pobre, ése es un buen amigo. Me acompañó cuando lo necesité y le estoy agradecida, pero nada más que eso. Es profesor, ¿sabías?, de sangre india por los cuatro costados. Yo sé lo que le pasó. Es que se encandiló con mis ojos claros y el pelo colorado. Es así. Con pinta de gringa, hay medio camino recorrido. Te juro que no sé por qué ese deslumbramiento si, después de todo, ellos tienen mujeres con rasgos aindiados que son preciosas. Pero, no. Parece un complejo de inferioridad, como si estuvieran todo el tiempo diciendo: "Vengan, vengan, terminen de conquistarnos de una buena vez".

En este punto se detuvo porque el discurso empezaba a sonarle a panfleto, otra buena forma de evitar las verdades dolorosas. Vació la copita en un trago prolongado.

—Pero vuelvo al hombre. Es que no sé cómo decírtelo.

—¿Y por qué es tan difícil?

—Porque siempre me pareciste... —se detuvo para buscar el adjetivo adecuado, pero todos sonaban ofensivos.

—Una tarada —ayudó Diana.

—Un poco pacata —sonrió Gabriela—, pero no es eso. Es que tu vida ha sido tan perfecta que yo me siento un desastre. Y no es de ahora. Siempre ha sido igual. Diana, la llena de luz, la divina, como te decía papá.

—El viejo, siempre con aquella manía del significado de los nombres.

—Nunca le prestamos atención, pero... —de pronto, pasó al vos como si también en esa forma particular de hablar estuviera guardada su esencia—, ¿sabés? Tiene que ver. Nomen est omen. Hay nombres que son presagios.

—Vos, por ejemplo. Gabriela, la fuerza, el poder.

—Creo que papá esperaba un varón.

—No se equivocó. Sos una mujer fuerte, ¿no?

—Pura pinta. Y, si no, mirame ahora.

—No creo que volver sea una debilidad, Gaby. ¿Otra copita?

Gabriela negó con un breve parpadeo.

—Me parece natural que busques ayuda en los que te quieren.

—Puede ser; el asunto es qué se hace después con todo el tiempo que resta. Vuelvo al dedal, me contienen, estoy segura, protegida, pero, ¿eso es vida?

Diana no supo qué contestar. La metáfora del dedal era la forma que Gabriela usaba para referirse al estilo de vida de su hermana, una de las tantas convenciones que sólo tienen sentido entre los que han compartido vida y que nada significan para los demás. Cuando niñas, había un enorme costurero de madera en la casa, una antigüedad de alguna bisabuela remota que atesoraba un dedal de plata. A Diana le gustaba ponérselo cada tanto, a escondidas, y lo disfrutaba con el mismo goce prohibido con que Gabriela se probaba las joyas de su madre frente a la medialuna del espejo. Aquel dedal tenía el encanto de lo viejo y también la calidez doméstica de las cosas que solamente pueden usarse dentro de casa. Cualquiera que hubiera estado allí para observar a las hermanas eligiendo los disfraces de sus fantasías habría podido predecir sin esfuerzo hacia dónde torcerían sus destinos.

—Eso es morir de a poco, Diana. No se puede estar siempre escapándole al dolor. Y ahora, te confieso, no encuentro las fuerzas para seguir. Todo me parece sin sentido. Incluso la profesión.

—¿Te acordás del día en que te recibiste? Te felicitaban y vos, como si nada, apenas agradecías.

—¿Y la pelea que tuvimos?

—Pero, ¡cómo no! Los viejos radiantes, la familia y los amigos bailaban a tu alrededor y la señorita con cara de "no es para tanto". Llegó un momento en que te hubiera dado una cachetada. Después vino el trabajo en el colegio y tampoco estabas bien. Parecía que siempre buscabas otra cosa.

—Es que estaba buscando otra cosa. Mi meta no era ser una licenciada en Letras. Yo quería ser la mejor.

—¿Querías?

—Supongo que todavía quiero. Sabés lo importante que fue conseguir la beca, y está la posibilidad de Estados Unidos, el doctorado.

—¿Entonces?

Gabriela se encogió de hombros y se sirvió el licor que acababa de rechazar, más por llenar la falta de argumentos con algún gesto que por las ganas de beber.

—Decime, Diana. ¿Vos sos feliz? Quiero decir si alguna vez sentiste la felicidad.

—Y..., sí —contestó con un aire de duda que exigió una explicación—. Cuando me casé, cuando nacieron mis hijos, por ejemplo.

—A eso voy. Son chispazos, con suerte algunas horas. Pero la felicidad, la fe-li-ci-dad es una quimera. Es una maldita quimera que conspira contra sí misma. El asunto es creer que hay un estado de felicidad que uno puede prolongar en el tiempo, como si yo te dijera

que entre los cinco y los diez años fui feliz. ¡Mentira!
—las palabras salían de corrido, limpias, precisas—.
Con suerte, habré tenido algún momento de felicidad,
pero también hubo de los otros. Y uno se emperra en
convencerse de que fue algo duradero y quiere recupe-
rarlo. Pero es un engaño, Diana, te juro que es un engaño. Lo que quiero decir es que mientras vamos tras
ella, la perdemos.

—¿Como una insatisfacción permanente?

—Como una insatisfacción permanente que no te
permite disfrutar porque siempre estás incompleta. Incluso cuando las cosas van saliendo bien, no te alcanza,
querés más. Terminás volviéndote una egoísta. Eso
soy, una egoísta. Y tuvo que pasarme algo terrible para
que entendiera.

Ahora fue Diana quien necesitó otro trago.

—El hombre del que te hablé fue, es, un argentino
que conocí en Lima. Me enamoré hasta las pestañas
—se detuvo un instante para controlar el aire que parecía galoparle en el pecho—. Fue una relación perfecta, tocaba el cielo con las manos. Hasta el embarazo. Me dijo que no estaba en sus planes y que no
quería saber nada con el asunto. Que me quería y
todas esas cosas, pero del bebé, nada. O sea, que de
golpe y porrazo me encontré sola, con un hijo en la
panza, a miles de kilómetros de mi país y con una de-
cisión que tomar. Te digo que fue una situación tan
vulgar que hasta me avergoncé de haber caído como
una idiota.

—Perdoname, no te enojes, pero no entiendo
cómo...

—Ya sé, ni me lo digas. Estas cosas pasan, incluso
con pastillas. Supongo que me habré olvidado de

tomar alguna, quién sabe. No me mires así y ni se te ocurra empezar con el verso de que por algo me habré olvidado porque no es cierto. Pasó y chau.

—¿Y por qué no me lo contaste?

—Ya me conocés. El orgullo, la omnipotencia, Gabriela, la fuerte, la poderosa, bld, bld, bld... Una imbécil. La cuestión es que lo mandé a la mierda, se me partió el corazón, pero lo mandé a la mierda y seguí adelante con el embarazo. Ahora entendés por qué no sabía si aceptar o no lo de Estados Unidos.

—Y al final, ¿en qué quedó?

—Tengo que decidirlo en poco tiempo. No van a esperarme *forever*. Es una de las razones por las que estoy aquí, a ver si se me aclara un poco esta cabeza loca.

—Dale, seguí.

—No tengo que contarte lo que es estar embarazada, ¿no? Me dio vuelta todo, cambiaron las perspectivas; la profesión ya no me pareció una cosa de vida o muerte, incluso la idea de criarlo sin padre me resultaba manejable.

—¿Y él?

—Ya te dije. Fui yo la que decidió terminar. Imaginate, ¿qué relación podía tener con un tipo que había despreciado a su hijo? No, aquello no tenía futuro. Al principio, lloré hasta secarme, pero después me dio mucha rabia y ya no lo lamenté tanto. Además, el bebé empezó a moverse. ¿Ves? Estaba a años luz de ser feliz, pero esos instantes chiquititos eran *la* felicidad.

—Ni me lo digas. Me acuerdo perfectamente de la primera vez que sentí a Marcos. Como un pececito nadando en gelatina, así fue —se distrajo apenas, pero volvió a su hermana—. Era distinto, Gaby. Yo tenía a

Nando, pero vos... Esas cosas se disfrutan juntos, pero así, sola... Yo no sé si me hubiera animado a seguir.

—¿Y vos pensás que para mí fue fácil? Le di mil vueltas, no dormía, no quería comer. Morirme, eso quería. Creo que al final me decidió verlo a él tan frío. Me dolía por el bebé, pero más me dolía por mí. Me acordaba de cuánto nos habíamos querido, como escenas de una película, y no entendía adónde había ido a parar todo eso. O peor, si alguna vez había existido. Yo acepto que se haya asustado, pero no le perdono la falta de huevos. Y no sé, de verdad, no sé si elegí seguir con el embarazo para joderlo también a él.

Diana la escuchaba con suprema concentración sin animarse a hacer la pregunta que, desde hacía rato, flotaba en el aire.

—Un día me sentí mal, el médico me dejó internada. Empezaron las contracciones y nació. No te dije, era nena —apenas encontraba el aliento para continuar—. Creo que aguantó unas horas, no sé. Yo estaba fundida. La vi de lejos. Sabía que no tenía muchas probabilidades, pero, viste cómo es la esperanza, no te suelta hasta el final. Tuve un ataque, una cosa medio histérica. Me sedaron. Cuando desperté, me dijeron que había sido una cuestión de la maduración de los pulmones, algo así.

—Gaby...

—Eso fue hace menos de un mes —dudó antes de seguir.

—Por eso volviste.

—Volví a enterrarla aquí.

—¡¿Qué decís?!

—La traje conmigo. No iba a dejarla para que terminara en un horno o en un frasco con formol, ¿no?

—miró a su hermana y la serenidad se transformó en una expresión desesperada—. Necesito que me ayudes. Diana quería creer que no había escuchado. Convencerse de que no era cierto. Que alguien, por favor, le dijera que era una pesadilla y que en aquella cajita sobre la cómoda del cuarto de servicio, aquella cajita que Gabriela traía apretada con celo en su bolso de mano, había cualquier cosa, cualquier otra cosa menos aquello en lo que no se atrevía siquiera a pensar.

De: Diana
Para: Granuja
Enviado: domingo 20 de julio de 2003, 14:25
Asunto: Los domingos deberían...

...estar prohibidos por ley, como casarse antes de los treinta. Fíjese que recién va a empezar la tarde y ya quisiera que fuera mañana. Nunca me han gustado los domingos. ¿Y a usted? ¿Qué hace un domingo por la tarde? ¿O es de los pocos que disfrutan? Yo he analizado esta tristeza grande que me viene y le juro que nada tiene que ver con la cercanía del lunes. A mí el lunes no me molesta. Tampoco me gusta. Me da igual. Todos los días de la semana me dan igual. Salvo el domingo. Hoy quisiera desaparecer, esfumarme, olvidar que alguna vez tuve nombre y algún sueño.

Pero, mire las cosas que le digo. Va a pensar que estoy loca y ni siquiera eso. Ojalá lo estuviera. Como usted, payaso, que se hace llamar Granuja. ¿Qué clase de nombre es ése? ¿El alias de un asesino? ¿El disfraz de un espía? ¿Quién es Granuja, por Dios?

Ya empieza a preocuparme esta obstinación por ocul-
tarme su nombre. A pesar de eso, lo único que me ilumina
el día es saber que voy a encontrarlo en mi pantalla. Y espero su mensaje como si lo esperara a usted, recién baña-
da. ¿Será esto todo a lo que puedo aspirar?
Diana

De: Granuja
Para: Diana
Enviado: domingo 20 de julio de 2003, 20:20
Asunto: LA MEJOR UVA DEL RACIMO

A mi tampoco me gustan los domingos, pero los peleo
saliendo de casa. Si me quedo, termino hundido en un si-
llon o duermo toda la tarde y cuando llega la noche,
muerdo las paredes. Ves? Hoy podria haberte invitado a
tomar algo. No te digo al sol porque viste que frio hace,
pero el frio tambien es lindo para estar mas cerca. Pensa
que tarde hubieramos pasado juntos. Pensa y decime con
sinceridad si tu domingo hubiera sido tan gris a mi lado.
Seguro que no. Yo tambien me tengo fe.
     Te intriga lo de Granuja, verdad? Asi me decian de
chico. La historia es esta: mi familia tiene una bodega
desde hace añares. Ya la vas a conocer algun dià. Esta en
un lugar precioso, rodeada de viñedos. Tenia un hermano
mayor que murio en un accidente hace trece años. Pasa-
bamos alli el verano y fueron los tiempos mas felices de mi
vida. Despues del accidente, mis padres quedaron muy
mal y la familia se deshizo en poco tiempo. Como un so-
plido, asi de golpe se nos termino la alegria. Pero, vuelvo a
lo del nombre. Sabes que es la granuja? Viste esas uvitas
que se desgranan del racimo? Eso es la granuja. Y de ahi

viene la forma de llamar asi a los picaros, porque tiene que ver con esa costumbre de pasar por cualquier puesto donde venden uvas y pellizcar un racimo para robarse una al pasar. Yo lo hacia todo el tiempo, comia uvas robadas de los cajones cuando habia cosecha. Pero no cualquier uva. Elegia las mejores. Me volvi experto en detectar las mas dulces. Y un empleado me puso el nombrete. Asi me conocen mis amigos. Y esa es toda la historia, madame. En cuanto a mi nombre verdadero, contame primero vos de tu vida.

G.

VIII

Lucio era un hombre sin suerte. O, al menos, ésa era la opinión que tenía de sí cuando repasaba su vida y no encontraba más que frustraciones. Alguna vez había intentado reflexionar acerca de su infancia para buscar algún hecho fundamental que pudiera ser la causa de tan mala estrella. Pero, cada vez, sin remedio, llegaba a un pozo donde los recuerdos se disolvían en un par de imágenes molestas: una tarde cualquiera, sentado junto a un ventanal armando un rompecabezas que no parecía difícil y una mano adulta que, apenas él se demoraba, surgía para encontrar la pieza faltante y colocarla con precisión en el hueco exacto. El juego continuaba tanto como la ansiedad por apurarse, terminar con aquello de cualquier manera, que la mano no se diera cuenta. Pero la mano volvía, una y otra vez, y él ya no estaba seguro de quién estaba jugando y se le iban las ganas y dejaba el rompecabezas incompleto.

A los dieciocho pidió dinero para instalar un quiosco con un amigo. Se lo negaron, pero le regalaron un auto nuevo. Lindo auto. Tenía que lavarlo cada domingo y llevar a dar una vuelta a los abuelos. Ésas habían sido las condiciones. Y terminar el bachillerato. Pero no había caso, ninguna orientación parecía dar en el punto de su gusto. Había empezado por las ciencias y defendió su vocación de futuro médico hasta que un profesor de secundaria lo llevó a la morgue de la facultad. Fue un paseo de rutina, tan natural como ir al teatro para los que estudiaban literatura; pero él insistía con que había sido un filtro sádico para evitar la competencia. Se desmayó frente a la primera pileta donde flotaba, solitario, un cuerpo verdoso con una única pierna. Después, probó con la química y al año siguiente dijo que estaba harto de andar mezclando porquerías sin el menor sentido, que lo suyo era la ley. Tampoco entre los códigos funcionó. Tenía veinticinco años cuando plantó bandera, prometió que algún día terminaría aquello sólo por darle el gusto a los viejos, vendió el auto y puso el quiosco.

Cuando conoció a Mercedes, el quiosco se había transformado en un salón con venta de diarios, libros, regalos y una pequeña cafetería. Lo amplió con el dinero de la herencia de los viejos, que habían muerto sin la alegría de verlo convertido en profesional. Tenía tres empleados de confianza sin cuya eficiencia aquello no hubiera funcionado por más de una semana. Lucio se daba una vuelta un par de veces al día para controlar que todo estuviera en orden y volvía a la hora de cierre a levantar la recaudación. Con ese dinero y algún depósito de los padres, le sobraba para vivir cómodo y darse un gustito cada tanto. En eso consistía su vida y a nada más aspiraba, como si tuviera la cabeza aplastada contra un techo imaginario.

Lucio pertenecía a ese tipo de ser llamado "hombre bueno", pero no era más que un buen hombre. En una única cosa se destacaba: era excelente padrino. Tenía ahijados a los que hacía regalos costosos y llevaba a pasear a cuanto parque o espectáculo hubiera. Lo adoraban.

El tío Lucio no entendía de sacramentos ni de promesas bautismales, pero cumplía con aquella responsabilidad afectiva como si fuera su misión en la Tierra. Su posición no podía ser mejor. Disfrutaba de las horas felices con los niños y después los regresaba con sus padres.

Mercedes, que venía de un matrimonio mal resuelto y del anhelo de un hijo buscado hasta el límite de la dignidad, confundió este cariño cómodo con un instinto paternal, y pensó que Lucio sería el mejor de los padres. ¡Cómo le costó cazar aquella presa! Lucio se le escabullía apenas el ambiente propiciaba cualquier intimidad. Ella forzaba los encuentros, le calculaba los horarios y se le aparecía en los momentos más inesperados con una desfachatez que dejaba en evidencia la torpeza de él para llevar adelante o evitar cualquier relación. Pero una noche, no tuvo más remedio que alcanzarla hasta la casa y, al despedirse, ella le dio un beso devastador. Por esa grieta abierta con la fuerza sísmica de un beso, Mercedes serpenteó hasta acomodársele en la parte más profunda del corazón. Tenía cuarenta años y los plazos de la maternidad venían apremiando. Se casaron en seguida, sin mucho tiempo para andar calculando las verdaderas razones que sustentaban su proyecto de familia.

Hacía de esto siete años. Ya no recordaban cuándo habían dejado de hablar del hijo y empezaban a preguntarse qué hacían durmiendo en la misma cama.

***

Mercedes retiró la funda y la dobló hasta convertirla en un pequeño rectángulo. La apoyó sobre una banqueta a los pies de la cama. Luego, tomó el acolchado y lo corrió desde la cabecera, cuidando que ningún extremo tocara el piso. Fue hasta su lado y abrió la sábana de modo tal que la punta formara un triángulo equilátero e hizo lo mismo del lado de Lucio. Levantó las almohadas y les dio unos golpes suaves para dejarlas bien mullidas, esperando. Le pareció que la sábana de abajo estaba arrugada, así que controló los cuatro alfileres de gancho con que las ajustaba y tensó los elásticos. Se separó de la cama para medir el efecto. "Bien", pensó.

Lucio demoraba en subir y ella tomaba melatonina para apurar el sueño. Así evitaban el penoso trámite de decirse buenas noches, girar cada cual hacia su pared y dormir dándose la espalda. Pero esa noche, Mercedes propició el encuentro, y cuando él entró en el cuarto, a una hora en que ya la suponía dormida, la halló sentada en la cama, con un libro de autoayuda abierto en una página que no leía.

—¿Todavía despierta? —se sorprendió.

—Tendrías que leerlo.

—Ajá...

—Te haría bien un masaje —se arrepintió de inmediato de lo que sonó más a invitación que a sugerencia.

—Y a ti, ¿te sirve? —preguntó Lucio con algo de ironía.

—No sé. Acabo de empezarlo. Hoy no tomé las pastillas. Voy a intentar con un método de relajación. Dice que hay que estirarse boca arriba, aflojar desde la punta del dedo gordo hasta la punta del pelo, de a poquito, sintiendo cada parte del cuerpo, girar la cabeza, flojita, así, que no te pese la piel... —percibió el peligro de la inminente sensualidad que traían sus palabras y se detuvo como si le hubiera sonado una alarma interior—. Hoy estuve con Diana.

—¿Adónde fueron?

—A Las Horas.

—¿Qué tal?

—Precioso, buen gusto, chiquito, poca luz. Lo ambientaron con escenas de la película.

—Entonces debe ser deprimente, ni loco voy.

—A mí me encantó.

—¡Dejate de embromar, Mercedes! Un bajón. No se entendía un pepino. Tres chifladas con cara de culo durante toda la película y, para colmo, te descuidabas y se zampaban un chupón así porque sí.

—La película también me gustó. No sé cómo te animás a opinar si te dormiste.

—¡Ja! Me despertaba a los cocazos con el viejo que tenía al lado. ¡Pobre tipo! Encima, roncaba. No, a mí esas películas no me gustan. No pasaba nada, abría los ojos y la tipa seguía ahí dudando si suicidarse o no. ¡Ma' sí! ¡Morite de una vez!

De buena gana lo hubiera mandado a pasear como tantas veces en que una discusión se volvía esa pulseada sin argumentos. Pero esa noche Mercedes necesitaba hablarle y decidió practicar la relajación mientras él se duchaba. "Después", pensó resignada, "me tomo la pastillita y a otra cosa". El rostro de Julianne Moore tirada en la cama del hotel se le instaló en el pensamiento con una persistencia inquietante, hasta que el cese abrupto del repiqueteo en el baño la trajo de vuelta a la realidad de su habitación. Lucio se metió en la cama con la precaución que siempre ponía para no desarmarla.

—Parece que Gabriela está mal. No es que haya tenido problemas con la beca, no, eso marcha sobre rieles. Pero Diana la notó apagada —se interrumpió para decirle que colgara la toalla mojada en la mampara, pero una cuestión estratégica le hizo suavizar el tono—. ¿Me seguís?

—Te sigo —contestó él pensando qué diablos le importaba la vida de las amigas de su mujer y buscando los auriculares a los que se enchufaba cada noche.

—Entonces, se nos ocurrió, con Diana se nos ocurrió, que podríamos juntarnos una de estas noches para charlar un poco. Hace tiempo que no nos reunimos.

—No hay problema.

—Pensé que podía ser aquí, si te parece.

—Te dije que no hay problema, Mercedes, es tu casa —había sido una agresión gratuita y se disculpó—. Y la mía, y la mía, ya sé. Me refiero a que la que se complica sos tú.

—A mí me encanta recibir gente. Mientras no traigan niños.

Lucio resopló y dio por terminada la conversación. Varias veces había intentado organizar una reunión para sus ahijados, pero siempre chocaba con la mala cara de su mujer ante la sola idea de aquellos niños que se le antojaban como un ejército de termitas. Ya se calzaba los auriculares cuando Mercedes le tocó el hombro.

—Una cosita más. ¿Qué te parece si le decimos a Bruno?

Lucio recorría el dial con los auriculares puestos. Levantó los hombros en un gesto de no entender. Mercedes dulcificó la voz todo lo que pudo.

—Para presentarlos. Bruno y Gabriela...

—¡Estás loca! Ahora sí lo confirmo. ¡Estás loca!

—gritó y se dio vuelta como una mula empacada. Quedó refunfuñando sobre la menopausia o algo parecido.

Mercedes pateó el libro y se arrodilló en la cama. Le hubiera arrancado los cables, pero se limitó a darlo vuelta y lo dejó mirando el techo con la paciencia al límite de la explosión.

—¿Loca porque quiero hacer el bien? ¿Por eso soy loca?

—Porque esas cosas no se hacen y punto. La gente no se pega como figuritas. Mirá si se van a gustar solamente porque a vos se te metió en la cabeza.

—Si no se gustan es cosa de ellos. A nosotros también nos presentaron. Yo los presento y chau.

—Sí, y chau, y chau —contestó él, molesto—. Como si después no supiera lo que sigue. ¡Por favor!

—Por favor, ¿qué?

—Nada, quiero dormir. Ya está.

—¡No! Terminá lo que ibas a decir. Por favor, ¡¿qué?!

—Te dije que nada.

—Algo ibas a decir, te conozco, Lucio. Dale, dale de una vez —le acercó la cara en un desafío que más que asustarlo lo hizo temer una noche en vela.

—Que después viene el acoso. ¿Ya está? ¿Contenta? ¿Puedo dormirme?

Ahora ella caminaba por la habitación, abría las puertas del armario, acomodaba cualquier cosa y las volvía a cerrar. Trataba de dominar el impulso de salir corriendo. O mejor, decirle a él que se fuera de una buena vez.

—¡Acoso! ¡Acoso! ¡Ja! Como si las mujeres no estuviéramos hartas de sufrir acoso y vos me venís con semejante estupidez. No se lo va a comer, ¿no?

Lucio ya se había dado vuelta y tenía las piernas arrolladas casi tocándole el pecho, que era su forma de dormir. Ella lo miró con la duda que la asaltaba cada noche cuando pensaba qué sola habría estado para casarse con aquella mitad de hombre.

—Te falta el osito y estás completo —le dijo con un desprecio que él no oyó porque había puesto la música a todo volumen.

De: Diana
Para: Granuja
Enviado: lunes 21 de julio de 2003, 07:56
Asunto: L.q.m.

Estuve releyendo el poema de Idea y creo que es lo más hermoso que he leído. ¡Hermoso! ¿Qué le parece este adjetivo? Mi papá me decía "hermosa", pero creo que ahora no se usa más. Igual que "te amo". Está fuera de moda, ¿verdad? Sin embargo, a mí me gusta. No es lo mismo que "te quiero". "Te quiero" se le puede decir a cualquiera, pero "te amo"... Sólo a una persona se le dice eso. Y tampoco es lo mismo decir "te quiero" que "te quiero mucho". El "mucho" diluye el sentimiento, ¿no le parece? Es menos comprometedor. Dígalo en voz alta y va a ver. "Te quiero" es más contundente, queda repicando.

Hoy me levanté temprano y había niebla en mi jardín, pero ahora puedo ver los árboles, mis pobres árboles sin hojas. Odio el invierno.

Lo quiero mucho.
Diana

De: Granuja
Para: Diana
Enviado: lunes 21 de julio de 2003, 09:15
Asunto: T.Q.

Me parece que esa cabecita trabaja demasiado. Nunca me habia puesto a pensar que quiere decir cada cosa, pero en una de esas, tenes razon. Aunque, despues de todo, importa tanto como se diga? Yo tambien odio el invierno. Cuando voy a conocer tu jardin?
T.Q.
G.

De: Diana
Para: Granuja
Enviado: lunes 21 de julio de 2003, 09:22
Asunto: ¡Y mucho!

¡Claro que importa lo que se diga y cómo se diga! Las palabras siempre importan.
Diana

IX

Los padres de Nando estuvieron felices de recibir a sus nietos durante las vacaciones de invierno. Dedicaban gran parte del año a preparar la casa para esa ocasión, como hormigas en espera del frío. Lo hacían con la felicidad de quien se ha pasado la vida en función de otros, alentados por la fuerte convicción de que todo se reduce a salud y trabajo y que no hay más placeres apetecibles detrás de los umbrales de esa pequeña realidad. En ese micromundo cebaban su dicha, y podría decirse que no estaban interesados en ampliar los horizontes, como si un temor bíblico los desalentara de cualquier pretensión más allá de la rutina que defendían desde hacía medio siglo.

Florencio y Mariana se casaron antes de cumplir los veinte y, a los diez meses, ya estaban celebrando el nacimiento de su único hijo. Si de ella hubiera dependido, habría parido una vez al año, pero un mal cardíaco lo impidió. El médico jamás le habló de esto, quizá porque le dio pena, quizá porque la vio tan niña que dudó que tuviera la inteligencia para comprender la seriedad que el caso exigía. Florencio lo recibió como prueba de amor y desde ese día Mariana fue más hija que esposa. Se entregó a este rol con la sumisión de quien recibe un mandato nacido de un afecto incuestionable.

Se amaron. A su manera, se amaron, aunque alguien podría preguntar si el triunfo consiste en la persistencia de los años, ganarle la partida al tiempo, solamente transcurrir. Ella se volvió devota del esposo y del hijo y les regaló las horas más preciosas con un amor absoluto que buscaba consagrarse en el cumplimiento riguroso de las costumbres. Estaba orgullosa de servir las comidas a horas fijas, del punto exacto de la pasta o de la forma en que salaba la carne con una precisión casi matemática; de que Nando hubiera tenido su primera caída a los cinco años y de que creciera sin un solo moretón en las piernas; de los cuellos almidonados y de los puños de nieve, de la línea perfecta de los pantalones y del resplandor de la platería. Jamás salía sin su marido y él nunca había faltado a dormir. A veces, se veía envejecer en el espejo y tenía una extraña sensación de incomodidad, pero la espantaba buscando alguna tarea pendiente antes de que los hombres volvieran.

Florencio tenía una pequeña imprenta en el sótano umbrío de una casona que amenazaba con desmoronarse en cualquier momento. Su único alivio durante las largas jornadas era la promesa de una cena caliente, la cama blanda y la certeza de que allá, en su reino, todo estaría pronto para cuando él llegara. Así se les fueron los años sin otra preocupación que el fantasma de la frágil salud de Mariana. En el refugio de la rutina encontraron el mejor remedio, y se dedicaron a construir con paciencia un ritual de seguridades que los hacía sentir a salvo. El menor cambio los desestabilizaba y alentaba en algún rincón de las almas un pánico supremo a la muerte que acababa siendo el triste fundamento sobre el que transitaban sus días.

Marcos era el preferido de la abuela, Nana, como la había bautizado a media lengua. El nombre se le había pegado con tanta firmeza que los conocidos de los últimos tiempos no sabían que Mariana y Nana eran la misma persona. Habían desarrollado una complicidad cargada de la ternura nunca volcada en los nueve hijos que ella se empecinaba en nombrar como si alguna vez hubieran nacido. Los llamaba en un estricto orden, sin equivocarse, y llegaba en su extremo a atribuirles personalidades definidas. Estaba convencida de que Dios los tenía en un limbo, preservados de todo mal y que eran, los nueve, ni uno más ni uno menos, angelitos encargados de velar desde arriba, demasiado buenos para este mundo.

Abuela y nieto disfrutaban de las horas compartidas. Lo hacían sin la menor consideración hacia Andrés y Tomás, que habían asumido con algo de dolor aquel lugar de segunda. Apenas Florencio comenzaba su sobremesa de anécdotas inverosímiles, se levantaban con el pretexto de ordenar la cocina, pero se desviaban a la terracita. Despatarrados entre las macetas de malvones rojos, fumando a pitadas largas, construían un mundo en el que a veces sobraban las palabras. Los dos sentían la emancipación de sus respectivas cadenas y compartían, desde una distancia vital de varias décadas, la ansiedad de querer fumarse la vida a bocanadas: uno, con la perspectiva del futuro; la otra, con la certeza de lo que ya no sería.

—Si tu padre te ve, me mata —le decía ella entre risas.

—Y si nos ve el abuelo...

¡Que se vaya a cagar! —contestaba Mariana y la risa se volvía carcajada. Aquellas malas palabras eran una de las licencias que sólo se permitía con su nieto. En su vida fuera de la terracita, jamás se había atrevido a decirlas, aunque sabía que tantas veces el poder liberador de una puteada bien puesta le habría ahorrado sufrimientos.

—Y, decime, ¿ya te decidiste?

—Ahí ando, Nana.

—Pero, seguís con aquella idea, ¿no?

Marcos largó el humo de a poco. Se acercó a la abuela y le apoyó la cabeza en la falda, sentado en el piso con las piernas estiradas.

—Estás tan largo, m'hijo, que dentro de poco no vamos a entrar aquí. Corré esa maceta así estás más cómodo. Entonces, ¿qué vas a hacer?

—Y, vos ya sabés, Nana, acá no hay futuro. Mis amigos se están yendo de a poco. Los que no se van con los padres están juntando plata para irse solos. Yo no voy a quedarme.

—No sé quién te metió en la cabeza eso de que acá no hay futuro. Con lo inteligente que sos, te iría bien en cualquier parte.

—Esto es deprimente, Nana. Estudiás y no te sirve para nada.

—¿Y vos pensás que afuera es fácil? A mí me parece que querés irte porque se te ha pegado esa desesperanza horrible que anda por ahí, y tenés derecho, pero no creas que vas a caminar sobre flores, ¿eh? La vida lejos de la familia es brava. ¡Bravísima! Pero, bueh, si se te metió en la cabeza no hay nada que hacerle. Andate, nomás y que Dios te acompañe.

—¿Y cómo les digo a los viejos?

—No sé, pero si me decís que el plazo de inscripción vence ahora, vas a tener que apurarte.

—Mamá va a empezar con idioteces, que me va a extrañar, que...

—¡Nene, qué querés! Un hijo que se va no es pavada. Le pasa a todas las madres, pero después se acostumbrará, como una se acostumbra a todo. Y si no, se aguanta y chau. No vas a dejar de hacer lo que querés por eso, ¿no?

—¡No! Que se la banque, pero el viejo es duro.

Mariana se estiró por encima de la cabeza de su nieto para arrancar unas flores secas que afeaban la planta.

—Estos malvones necesitan agua —dijo como si hablara sola, y agregó:— ¡Si lo sabré! Es duro como el padre. Pero, ¿querés que te diga? Son los más fáciles de convencer. Es cuestión de conocer el punto flaco y atacar por ahí.

—Si casi no lo veo, ¿cuándo querés que le hable?

—¿Y el fin de semana?

—¿El fin de semana? Los viernes sale con amigos y vuelve tardísimo. A veces nos encontramos, yo llego de bailar y él...

—¿Qué?

—Llega conmigo. Duerme un rato y sale otra vez.

—¿Sale?

—A correr. Y ya no vuelve, se va al club, almuerza ahí. Aparece de noche, reventado.

—¿Y tu madre?

—¿Qué?

—¿Cómo qué? ¿No le dice nada?

—Está en otra. Se la pasa enchufada a Internet, ni se entera de que papá no está. Mirá, con decirte que el domingo, que almorzamos todos juntos, se pone de un humor que no se banca ni ella. Quiere que comamos rápido y, si no, se levanta antes de la mesa y se prende a la máquina toda la tarde.

—Como sea, pero hay que hablarlo cuanto antes. Son muchos detalles para arreglar, Marquitos, permisos, pasaporte, los formularios. No te olvides de que te vas lejos —le acarició el pelo—. Mi nieto...

Marcos se dejó mimar y estuvieron un buen rato en silencio entregados a una nostalgia anticipada.

—¿Querés que les hable yo?

—No, dejá, Nana. Te agradezco, pero no creo que cambie nada. Además, no voy a hacerte viajar hasta la ciudad.

—Podríamos organizar un asadito aquí. ¿Hace cuánto que no vienen? Y así, como quien no quiere la cosa...

—Y, sí, así puede ser.

—Dejámelo a mí, que yo te lo arreglo. Vas a ver que el año que viene me estás mandando una postal desde Londres.

—Nana, tendrías que tener computadora.

—¡Si no sé ni cómo se prende!

—Yo te enseño. Dale.

—Por mí... Al que habría que convencer es a tu abuelo. Imaginate la cara que me va a poner si le digo que quiero una computadora.

—Y ¿por qué no?

—¡A mi edad! Y justo yo; no creo que pueda entenderlo —se puso súbitamente seria—. Vos tenés que hacer lo que quieras, ¿escuchaste? La vida se pasa muy rápido, m'hijo. Ahora te parece que está toda por delante, pero si te descuidás, un día te das vuelta y la tenés montada sobre la espalda. Y ya no te la podés sacudir, no. Lo que no se hace a su tiempo, no se hace y te quedan las ganas para siempre, que es espantoso.

—¿A vos te quedaron ganas?

—Mirame bien, Marquitos, mirame bien. Si yo tuviera tu edad, haría un montón de cosas, me sacaría todos los gustos.

—Entonces, te parece que me vaya, Nana. ¿Me apoyás?

Ella aspiró con fruición el cigarrillo. Miró a Marcos con un amor supremo, lo tomó de las orejas y se lo acercó a la cara. Le habló despacio, casi masticando las palabras.

—¿Que si te apoyo? Si no te vas, te doy una patada en el culo, ¿está claro?

De: Diana
Para: Granuja
Enviado: lunes 21 de julio de 2003, 21:20
Asunto: ¿Usted cree...

...que el amor dura para siempre?
Diana

De: Granuja
Para: Diana
Enviado: lunes 21 de julio de 2003, 23:52
Asunto: MAÑANA?

Yo creo que quiero verte y punto. No se de que amor me hablas. Por que me haces estas preguntas tan complicadas y no queres conocerme? No seria mas facil que tomaramos un cafe y charlaramos? Diana linda, esto fue muy divertido al principio, pero ya estamos grandes.

Vamos a vernos mañana. Decime donde y te voy a buscar. Si dura para siempre? No, me parece que no. Dura lo que dura y despues viene otra cosa que no es lo mismo, pero que a algunos les sirve igual. A mi, no. Yo nunca pude acostumbrarme. Dale, decime que si.

   G.

X

Diana se propuso espaciar las consultas a su casilla electrónica. Lo logró durante la primera hora, pero era tan fuerte el empeño en distraerse que no hacía más que avivar el recuerdo y acrecentar la ansiedad hasta límites intolerables. La máquina se tomaba su tiempo para encenderse e ir abriendo programas y ventanas. Diana aprovechó esos minutos para observarse el cuerpo. Estaba más linda o así se sentía. Se acarició una pierna y la descubrió suave, como cuando todavía le importaba estar depilada, aun en invierno. Aquel roce le despertó una sensualidad entumecida a fuerza de cumplir con los deberes prosaicos de la supervivencia diaria. Pensó cómo serían las manos del desconocido amante recorriéndole las piernas en esa instancia maravillosa que supone conocer una intimidad nueva.

Los mensajes comenzaron a aparecer en la pantalla. Los iba desechando mentalmente y buscaba con algo de desesperación el nombre extraño con que él se había dado a conocer: Granuja. A veces, cuando el mensaje no llegaba, pensaba qué era lo que más le dolía y caía en la cuenta de que no era perder a un hombre que, después de todo, jamás había conocido, sino la pena de no poder rescatar a esta nueva mujer de la que ya no quería desprenderse. Granuja apareció en cuarto lugar. No pudo evitar una sonrisa nerviosa, de alivio. Se acomodó en la silla para disfrutar de la lectura y abrió: "He tratado de no pensar en vos, pero es que es tan dificil. Iria hasta tu casa ahora mismo, si supiera donde es, y te daria el beso que nos debemos".

Diana leyó y dejó pasar unos segundos antes de responder. Lo hacía siempre de inmediato y borraba ambos mensajes con un cierto terror que tenía también una dosis de sadismo. Tomó agua, sopló varias veces y empezó: "No voy a decirte dónde vivo hasta que no me digas tu nombre. Un día de estos, yo tampoco responderé. Después de todo, no te conozco. Podrías ser cualquier chiflado que anda por ahí".

Se detuvo a leer y pensó que quizá estaba siendo demasiado agresiva. Quería demostrarle que no había perdido el control de la situación y, a la vez, dejar el hilo de luz de una puerta abierta; pero encontrar ese equilibrio era tan complicado que tenía la sensación de caminar sobre una cuerda floja. Meditó un rato y, al final, escribió: "Te mando ese beso". Lo envió sin tiempo para arrepentimientos. Volvió a leer los dos mensajes y acabó de eliminarlos justo cuando la llave de Nando se introducía en la cerradura.

Apenas pudo recomponer el ritmo de la respiración y secarse la humedad allí donde era visible. Nando entró en la habitación con la corbata en la mano, le dio un beso imperceptible en los labios y anunció que tomaría un baño de inmersión. Mientras preparaba la bañera, preguntó qué había para cenar, pero Diana ya estaba en el comedor poniendo la mesa y prefirió hacer como que no había oído.

Nando apareció al rato, en calzoncillos, con una camiseta blanca y zapatillas. Diana lo miró con sorpresa.

—¡Menos mal que Gaby no viene a cenar! ¿No tenés frío?

—Si parece un short. No creo que fuera a asustarse.

Ella se sentó a su lado mientras la comida se calentaba en el horno. Las preguntas eran tan rutinarias que hubieran podido poner una cinta grabada y casi no se habría notado la diferencia.

—¿Qué tal el día?

—Matador, y estamos a martes —contestó él.

Diana se sumergió en consideraciones personales que le recordaron que todavía tenía una semana antes de reintegrarse al trabajo, pero fue sólo un instante en que se abstrajo de la realidad de la mesa puesta y de su marido, semivestido, esperando para cenar. Y entonces recordó el incidente de los calzoncillos de seda. Fue al regreso de uno de los viajes, una vez que ella se apuró demasiado en abrirle las maletas para ordenar la ropa y los encontró arrollados dentro de un zapato. Siempre le había comprado la ropa a Nando y le gustó que por fin se hubiera decidido a hacerlo por su cuenta. Al principio, lo de la seda le pareció una excentricidad, pero en los segundos que siguieron fue naciéndole un aluvión de preguntas que le apretaron la garganta en una angustia desconocida. Devolvió los calzoncillos a su lugar. A la mañana siguiente fue a buscarlos, pero ya no los encontró. No quiso preguntar por miedo a enterarse y nunca habló del asunto.

—¿Comemos?

—Ya va a estar. ¿Muchos problemas?

—Lo de siempre. Por acá, ¿cómo estuvo? ¿Salieron?

—Gaby tuvo que hacer unos trámites. Después fuimos a ver ropa.

—¡Qué raro!

—Se compró de todo. El cambio le es favorable, así que imaginate lo que fue eso. Me hizo caminar como una loca.

—Y ahora, ¿dónde está?

—La invitaron unas amigas.

Nando repasó mentalmente el repertorio de preguntas que disimularan la embarazosa soledad. Pensó que Gabriela era una desconsiderada, una mujer insoportable con la que su matrimonio no hubiera durado ni cinco minutos y, sin embargo, no podía engañarse. Cada vez que la veía, un temblor de excitación le recorría la piel, como un escalofrío. Su cuerpo parecía guardar un calor constante que invitaba. Nando no olvidaba aquella tarde, cuando todavía él y Diana eran novios: había llegado más temprano y encontró a Gabriela sola en la casa, con una bata corta que apenas le tapaba la ropa interior. Y cómo se le había apretado contra el cuerpo cuando le dio el beso de bienvenida y cómo él había olido el deseo en aquel beso. Y cómo le tocó el cuello por debajo del pelo y ella entrecerró los ojos y todo fue un solo movimiento, arrancarse la ropa con una desesperación enfermiza, tumbarla sobre el sillón y hacer el amor como dos bestias. Nada más que eso, la perversión de lo prohibido; y luego prometerse con la mirada que aquello sería un secreto del cual no quedaría más que un recuerdo hirviente que el tiempo se encargaría de borrar.

—¿Novedades de los chicos?

—Un mensaje de Andrés, que están bien, que tu madre manda decir por qué no vamos el otro domingo. ¡Ah! Hablando de reuniones, me gustaría hacer algo el viernes de noche. Una bienvenida para Gaby. No sé qué te parece.

—Por mí, está bien —midió sus palabras con miedo de que dejaran traslucir la mentira—. Pero prefiero el sábado.

—No sé, el sábado Lucio tenía algo. Pero, vemos... —hizo como que contaba y dijo al pasar:— Serían Lucio, Mercedes, Bruno...

—¡¿Bruno?!

—¿Te acordás? El amigo de Lucio.

—Ni idea. Pero ¿qué tiene que ver?

—¿Por qué no?

—Qué sé yo. Me parece como tirado de los pelos.

—Con Mercedes pensamos que a Gaby le vendría bien conocer gente.

Nando acababa de llevarse un pedazo de pan a la boca, pero la indignación no lo dejó terminar de tragar.

—¿Vas a hacer de celestina ahora? ¿Desde cuándo te necesita tu hermana para conseguir novio?

—No es conseguir novio. Los presentamos a ver qué pasa, nada más.

—Pero, si Gabriela se va en cualquier momento.

—No sabe si se va y, además, qué problema tenés, si no es para que se casen.

—¡Dios los libre y los guarde! —dijo creyéndose gracioso.

Ella se levantó con un gesto que quiso ser de dignidad y fue a la cocina. Mientras servía los platos pensó que aquella resistencia no había estado en sus cálculos. Cuando Mercedes le contó de la reacción de Lucio, le pareció una ridiculez y, en seguida, ofreció su casa descontando que a Nando no le importaría. Volvió a la mesa con la comida humeante. Él probó la carne y elogió su mano de cocinera. Era una gentileza mantenida a través de los años, como un vestigio amoroso de épocas mejores.

—A Gaby le gustó la idea —insistió Diana.

—¡Lo que faltaba! —rugió Nando cada vez más irritado—. Resulta que la dama sabe y el caballero es el pelotudo. ¡Mirá qué bien!

—Si saben los dos, se estropea. Alguien tiene que guiar el asunto.

—Me sorprende tanta profesionalidad, Dianita. ¿Desde cuándo esa cancha?

Le hubiera gustado decirle que desde que le metía los cuernos, pero su aventura cibernética le pareció demasiado pobre para pavonearse.

—No es cancha, es sentido común.

—Y una trampa. ¡Tenía que estar la tilinga de Mercedes detrás de esto!

—¡Por favor, Nando! No dramatices. Es una reunión, nada más. Si no se gustan, chau.

—A mí me molestaría mucho, pero mucho, ir como un corderito al matadero sin que por lo menos me avisen que es Navidad, ¿estamos? Resulta que el pobre tipo cae como en paracaídas y todos sabemos, menos él. Decime si eso no es pasar por pelotudo.

Diana decidió jugar la última carta.

—Me decías que te queda mejor el sábado.

Nando bajó la guardia y, por un segundo, temió que la intuición de su esposa hubiera ido más allá. La noche de los viernes estaba reservada para Victoria. Una única vez, hacía tiempo, había anunciado que cada viernes se reuniría con amigos y Diana no volvió a preguntar, ni siquiera cuando alguna madrugada, en la duermevela, lo oyó volver mientras afuera empezaba a clarear.

—Y sí, el sábado me parece mejor.

—Bueno, veo cómo arreglo. Claro que si no estás de acuerdo en lo de...

—Hacé lo que quieras, pero a mí no me metas en el asunto —Nando dio por terminada la cuestión, vencido por el miedo de que los nervios que ya sentía crecer le jugaran una mala pasada.

De: Diana
Para: Granuja
Enviado: martes, 22 de julio de 2003, 00:15
Asunto: Me gustaría...

...decirle que está equivocado, pero yo también pienso que no dura para siempre. Al principio hay campanitas, ¿las oyó alguna vez? Y nos sentimos más lindos, más buenos. Pero es un espejismo, nada más, y dura poco. Lo otro, ¡para qué voy a hablarle de lo otro! Es más el miedo a quedarse solo, a no poder pagar las cuentas, al trauma de los hijos, a los dedos que apuntan, siempre apuntan, a quedar señalado con una marca demasiado visible de que "por algo habrá sido", a no soportar el fracaso. Pero ¿fracaso de qué? ¿Dónde está escrito que esto deba ser para siempre?

No me haga caso. Es de noche y no es bueno andar pensando en estas cosas de noche. Seguro que mañana veo todo de otro color. Me voy a la cama. Que duerma bien (¿duerme solo?)
Diana

De: Granuja
Para: Diana
Enviado: martes 22 de julio de 2003, 10:18
Asunto: PISTAS

Muy lindo discurso, pero de vernos, nada. Si no fuera porque hace tiempo que no me sentia asi, no insistiria mas. Al final, estoy siendo un pesado. Y no termino de entenderte, Diana. Dame pistas. Por ejemplo, ¿por que estas tan triste?
G.

P.D.: Duermo solo, ¿y vos?

XI

Gabriela pasó sus primeros días de regreso con la punzada constante del desarraigo clavada en el estómago. Al final, admitió que andaba partida en dos y que, a menos que fuera cierto aquello de que el tiempo todo lo cura, estaba perdida para siempre. La noche en que salió con las amigas se esforzó para no ser descortés y reprimió las ganas de ahogarse en alguna almohada donde no la vieran llorar. Cuando pudo hacerlo, a media madrugada, tuvo la certeza aplastante de que era infeliz.

Cada vez que pensaba en Lima, su biblioteca era la primera imagen que se le instalaba con precisión fotográfica y le nacía una especie de nostalgia intelectual. Extrañaba las mañanas grises en las que desayunaba en pijama tras los ventanales de su balcón, por donde se colaba la rama ancha de un árbol cubierto en su copa con unas flores inmensas como orquídeas. Aquella primera liturgia matinal era el comienzo de un día atareado, casi siempre enclaustrada entre las paredes antiguas de la universidad, donde perdía la noción del tiempo. Pasaba jornadas completas sin probar bocado, hasta que algún portero venía a avisarle que iban a cerrar y caía en la cuenta de que había estado sumergida durante horas entre libros polvorientos descifrando citas en griego o latín.

Pero Gabriela no se engañaba. Sabía que la herida no sangraba por los libros, ni por su casa frente al olivar, sino por el recuerdo de las horas felices con aquel argentino alegre que llevaba desparramado en el cuerpo como un mar de lava. Mientras Diana estaba ocupada con sus mensajes, aprovechaba para recordar gestos y palabras que se magnificaban ambiguamente por el efecto de la distancia. Ahora, lo amaba con locura, y al rato, el amor era un odio visceral. Los sentimientos sólo parecían hallar acomodo en un rencor definido cuando dejaba fluir su lado maternal, que la alejaba de toda piedad y no podía perdonar aunque se esforzara en ello.

Desde la separación, se había vuelto taciturna, como si de golpe le hubieran arrebatado la luz interior. Solamente encontraba consuelo en el hijo que le crecía y que, paradójicamente, le había dado y quitado todo. El placer de echarse boca arriba en la cama para sentir los movimientos acuosos en las entrañas y saber que era vida moviéndose dentro de su propia vida la llenaba de gozo. Pero era un gozo distinto, una alegría apacible, una plenitud que no lograba ocupar el hueco de la otra ausencia. Y, sin embargo, nunca había sido tan feliz como en esos instantes egocéntricos en los que el mundo, literalmente, se reducía a su ombligo.

Cada tanto evocaba esas sensaciones y sentía ganas de morir. Procuraba evitar los recuerdos de los días oscuros que siguieron al parto, pero se empecinaban en volver como buitres y la abrumaban con escenas macabras de la niñita muerta. Fue el hombre de las flores amarillas quien se apiadó de ella cuando empezaron las contracciones prematuras y supo que no tendría fuerzas para llegar sola al hospital. Llamarlo fue una crueldad imprescindible, alimentar por unos segundos la ilusión para explicarle de inmediato que acudía a él por pura necesidad.

Mientras estuvo internada, el hombre se instaló al costado de su cama como el más amante de los maridos y esperó con paciencia que volviera en sí mientras le secaba el sudor y repasaba con un respeto amoroso cada pliegue de su cuerpo. Con cuánto placer la hubiera besado entonces. Cómo tuvo que pedirle a Dios que lo librara de la horrible tentación de acariciarla mientras dormía. Cuánto rezó junto a su cama, más por él que por ella, avergonzado de descubrirse dudando si era preferible perderla para siempre en el limbo de la muerte a saberla en otros brazos. Y mientras buscaba en su interior la fuerza para contenerse, se le ocurrió que algo habría que hacer con la niña.

Gabriela nunca supo ni quiso preguntar cómo se las había arreglado para que le dieran el cuerpecito. Y tampoco discutió cuando él propuso cremarlo. Estaba desesperada. Se golpeaba la cabeza y repetía que no iba a dejarla ahí, que quería morirse ella también, pero que por nada del mundo iba a enterrar a su hija en suelo limeño. Fue entonces cuando él le dio la idea de llevarla de vuelta a su país convertida en cenizas.

El día en que se despidieron en el aeropuerto, Gabriela lo abrazó y se mantuvo así por unos instantes durante los cuales él creyó diluirse en un temblor de la sangre; temió que le explotaran las venas y que el sudor pusiera en evidencia la magnitud que aquel drama significaba en su vida. Nunca la tuvo tan cerca, metida en el hueco de sus brazos, y nunca la sintió tan lejos. Gabriela recordaba al hombre de las flores amarillas y lamentaba no haber sentido por él más que la tibieza de una gratitud eterna. Hubiese querido quererlo, tanto como hubiese querido no querer al otro de esa manera desaforada que todavía la asaltaba cada tanto. Por eso, además, era el enojo. Porque pensaba que Horacio, con su egoísmo, le había negado la posibilidad de ser una mujer completa y no merecía ni la intimidad de un recuerdo.

Ahora estaba en su primer país, donde quedaba la memoria de la mitad de sus días. Había venido para enterrar a su hija porque sabía que tampoco en Lima iba a encontrar su lugar definitivo. Su lugar definitivo no existía. Podía estar ahí, en el Perú o en Arizona, o donde el viento la llevara en los próximos años. Quería que la hija echara raíces, que perteneciera a un suelo y pensó, en esa nebulosa irracional donde maduran las decisiones dolorosas, que no había lugar más adecuado que éste donde, con el tiempo, terminaría mezclándose con las cenizas de sus abuelos.

De: Diana
Para: Granuja
Enviado: jueves 24 de julio de 2003, 15:20
Asunto: ¿Alguna vez...

...jugó a la rayuela? Hoy voy a regalarle algo que leí en un libro que se llama precisamente así, Rayuela. Seguro que lo ha leído. Yo lo empecé hace añares y lo dejé porque era raro, difícil de leer, nombraba pintores y músicos que no conocía y, al final, me aburrió. Volví a intentarlo varias veces, pero siempre era igual. Igual, no. Después de los veinte lo intenté de otra forma, saltándome algunos capítulos que me parecían pesados. Ahí empecé a encon-

trar señales de que era un gran libro, un libro fuera de lo común. Y ahora, recién ahora he podido terminarlo. No crea que lo leí palabra por palabra. Ningún libro se lee de punta a punta. No hay que preocuparse por eso.

El caso es que Rayuela es como un armario en el que hay guardadas seis, siete, nueve prendas finísimas, de la mejor calidad. Y entreveradas con esas telas delicadas también hay prendas más rústicas, trapos, incluso algún pañuelo. Lo bueno salta a la vista apenas uno abre la puerta. No requiere explicación. Pero imagine que un día usted está resfriado. Le aseguro que lo único que importará será ese pañuelito insignificante. Así es Rayuela. Todo el mundo puede encontrar allí lo que busca.

No puedo seguir escribiendo. En un rato le mando lo prometido. Besos mil.

Diana

XII

Diana dedicó los días previos al sábado a ajustar las tuercas necesarias para lograr el milagro en las pocas horas que duraría la reunión. Lo hacía estimulada por el deseo de ver a su hermana contenta y lo hacía, también, por una necesidad de experimentar en otros lo que a ella le hubiera gustado sentir. Trataba de que Gabriela se distrajera de la oscuridad en que la dejaba sumida la espera del entierro y fue cuando entró en el cuarto de servicio y la vio sentada en la cama con la caja sobre la falda, que cayó en la cuenta de lo absurdo de sus intenciones. Gabriela levantó los ojos con cara de agotamiento.

—No puedo enterrarla por derechas, ni siquiera había pensado en eso —le dijo, pero la voz pareció salir de cualquier parte menos de su cuerpo—. Hay que presentar documentos que no existen; ni siquiera puedo explicar cómo la entré al país.

—¿Y entonces?

—Plata, con plata todo se soluciona. Pero tengo que esperar quince días hasta que le toque el turno a un tipo que me atendió hoy. De lo más desagradable.

Diana encendió un cigarrillo, acercó un cenicero y se sentó en la cama sin retirar la colcha. Desvió los ojos hasta la cómoda donde Gabriela había puesto la cajita el primer día. Era una caja de acrílico opaco, que había preferido traer en su bolso de mano por miedo a que se extraviara durante el viaje. Se veía más pequeña que una de zapatos y Diana, al principio, había dado por hecho que contenía perfumes y maquillaje.

—¿Y en el aeropuerto?

—Nada. Pasé como si nada. Tenía miedo de que me hicieran abrirla —se le cortó la voz—. No te conté la otra mitad de la historia. Supuse que no pasaría los controles de rayos, me desesperé, pensé mil cosas hasta que mi amigo, el de las flores amarillas, pobre, me dio la solución. La hicimos cremar. Es de locos, ¿no?

—Es de locos.

Gabriela abrió la boca como para dar una explicación, pero su hermana la detuvo con un gesto rápido de las manos.

—No quiero saber los detalles, Gabriela. No me cuentes más, por favor.

Por un instante quedó flotando entre ambas el hálito funesto de la muerte. Diana buscó cualquier cosa a la que aferrarse para espantar la conciencia aciaga de lo ineludible.

—Hay que ponerle un portarretratos —dijo por decir algo, pero pudo haber sido "tengo hambre" o "acaba de caer una estrella en el jardín". Daba igual, mientras las rescatara de la melancolía inútil hacia la que se deslizaban.

—¿Qué?

Diana tomó la foto que estaba bajo el vidrio de la mesita de luz. Tenía los bordes amarillos y una mancha de humedad. Sonrió con ternura. Las dos hermanas hacía treinta años, durante algún domingo en el parque. Sí, había sido un domingo, podía recordarlo bien porque su madre lloró mucho aquella tarde y el padre decidió llevarlas a pasear aunque hacía frío y ellas hubieran preferido quedarse a consolarla. ¡Claro! Todo estaba allí, en algún rincón de la memoria, apisonado por lo nuevo, pero bastaba con rascar apenas la superficie para que empezaran a brotar, como yuyos malqueridos, los instantes crepusculares sobre los que también se construye la vida.

—Fue un día triste —completó Diana como conclusión de un diálogo que sólo existió en su interior.

Gabriela no tuvo que mirar la foto. La había visto apenas llegó y de buena gana la hubiera mandado a la basura, junto con otros recuerdos que pesaban demasiado.

—Las fotos en blanco y negro no tendrían que existir —dijo.

—A mí me gustan.

—Las fotos en blanco y negro mienten.

Diana entendió que la conversación iba más allá de una vieja foto. Conocía la mirada de su hermana cuando revoleaba los ojos hacia un punto cualquiera donde parecían concentrarse las verdades del universo. Entonces se volvía enigmática, pero también triste, y decía incoherencias de sonámbula flotando en una pesadilla.

—Son un asco.

Diana esperaba que saliera del trance. Nunca tomaba mucho tiempo, apenas unos segundos y era la de siempre, con la chispa encantadora que hacía que todos la adoraran. Regresaba del mal sueño con el espíritu renovado y ni siquiera parecía saber desde qué abismos había vuelto. Pero esta vez el arco de los labios se tensó y las pupilas se diluyeron en una distancia insondable, mucho más allá de las paredes de la habitación.

—Son un asco —repitió—. Todo es un asco. Papá era un asco. Ella también. Ella también era un asco.

Estaba excitada. Apretaba la cajita entre los brazos y se movía en un balanceo cadencioso, adelante y atrás, adelante y atrás. Repetía lo de la foto, el asco, él, ella, todo se había convertido de golpe en una masa asquerosa dentro de la cual Gabriela se mecía con lánguida resignación. Diana le tocó el hombro y la sobresaltó. Se miraron incrédulas, dejaron en evidencia la distancia enorme desde la cual habían transcurrido sus vidas, lo poco que se conocían.

—Tranquila, Gaby, estás conmigo.

—¿Y vos quién sos? —dijo Gabriela mientras sentía crecer el temblor del llanto.

—¿Qué decís, Gaby?

—¿Qué sabrás vos? Vos no sabés nada.

—Gaby...

—Ella estaba muy mal, quiso matarse.

—¿Qué dijiste?

—Quiso matarse. Yo los oí discutiendo y me acerqué. Él le decía que no entendía, que le daba todo, que vivía como una reina, que nosotras, que la salud, pero ella decía que no era feliz. Discutían por eso y ella quiso cortarse con unas tijeras. Cerré los ojos, no quería mirar. Los oía forcejear y yo rezaba o hablaba sola. No sé más. Pero empecé a meterme debajo de su cama cuando se dormían. Volvía todas las noches... Tenía miedo. Y después sentí culpa, pero de esto me di cuenta hace poco. Iba a la escuela con terror de volver a casa y encontrarla muerta.

—Gaby, ¿cuándo pasó eso?

—La madrugada de ese domingo... Yo me quería morir...

—Pero, nena...

—Mamá se entregó.

—Estaba enferma. No es que se hiciera la loca; era depresión.

—Papá tampoco ayudó. Nadie ayudó.

—Cada uno hizo lo que pudo, Gaby, papá la adoraba, vos sabés. Ella también lo quería.

—Y entonces, ¡mierda!, ¿por qué no fueron felices?

Gabriela tenía la piel erizada y los huecos de la nariz dilatados como un animal alerta. Daba miedo verla. Parecía que en cualquier momento podría saltar hecha una fiera o proferir el más desgarrador de los gritos. Pero no fue así. El llanto histérico, descontrolado, fue lavando la tensión y la sumió en un sopor cansino, tendida en la cama en medio de un mar de pelos revueltos. Sólo entonces Diana se animó a acariciarla y ella se dejó, como pidiendo.

—Ya pasa, Gaby, ya pasa.

***

Gabriela durmió toda la tarde y Diana aprovechó para confirmar que Bruno hubiera aceptado. Llamó a Mercedes a la oficina justo cuando acababa una pelotera infernal con su jefa.

—¡Hola! —le ladró.

—¿Mercedes?

—¡¿Quién habla?! —la voz sonaba imperativa y evidenciaba el peor de los humores del otro lado de la línea.

—Merce, soy yo. ¿Querés que te llame en otro momento?

Fue como echar agua fría en una olla hirviendo. De inmediato se apaciguaron los ánimos y Mercedes recuperó los buenos modos, aunque todavía sentía la sangre pulsándole en la sien.

—Disculpame, es esta vieja que me enloquece. ¡Y decían que iba a ser mejor una mujer! ¡Qué va! Mujer contra mujer es una riña de gallos, qué digo, de serpientes, ¡cobras! Al otro, por lo menos podía mostrarle las piernas.

—¡Shhh! Que te van a oír.

Mercedes levantó la voz a sabiendas de que no había nadie cerca y de que la jefa ya estaría apoltronada en su escritorio dos pisos más arriba.

—¡Que me oigan! Que me echen de una vez, así terminamos con este martirio. ¡Vieja perversa! Que me vengan a hablar de feminismo, de solidaridad de género. ¡Ja! Si nos sacamos los ojos entre nosotras, y si no, probá hacer un trámite cualquiera y que te atienda una mujer. Después me contás cómo te va. Si sos fea, porque sos fea; si sos linda, porque sos linda.

—No exageres.

—Vos porque sos muy tiernita, nena.

—Como si fueras una vieja.

—Vieja, no; vieja, no, pero ya fui y vine varias veces. Y no pienso aguantar a esta víbora. Decime, ni te pregunté cómo estabas.

—Bien.

—Siempre estás bien, ¿eh? —y completó con una ironía afectuosa—, vos sí que tenés la felicidad atada.

Diana hizo como que no había entendido y fue a lo suyo.

—Te llamo por lo del sábado. ¿Arreglaste con Lucio?

—No hay problema. Tiene el cumpleaños de un ahijado...

—Algo me habías comentado, sí.

—No me preguntes de cuál, para mí son todos iguales. Pero dice que va más temprano a llevarle un regalo y después cena con nosotros. Seguro que se siente culpable por la escenita de las otras noches.

—Pero se salió con la de él. Miralo a Lucio, tan mansito que parece.

—Con tal de no verle la cara de culo, a esta altura le digo que sí a todo.

—Decime, mujer complaciente, ¿sabés si habló con Bruno?

—¡Ay! ¡Cómo no te conté! —volvió al estrés del primer momento—. Es que estoy loca, ¿no ves? Esta vieja va a volverme loca.

—¿Qué pasó?

—Habló. Y no sabés lo que fue.

—¿Escuchaste?

—¡Qué te parece!

—¡Sos de lo peor!

Mercedes se rió con ganas.

—Pero te morís por saber, ¿no?

—Dale.

—El tipo lo llama a eso de las once...

—¿Qué tipo?

—¡Lucio! ¿Quién va a ser? Bueno, la cosa es que hablan de lo de siempre y yo esperando en el teléfono de arriba, sin respirar, a ver si lo invitaba de una vez.

—¿Y?

—Y qué te cuento que corta y no le dice nada.

—¿Cómo?

—Y yo sin poder decirle que había estado escuchando. ¡Imaginate! ¡Ay! ¿Por qué me habrá tocado este idiota?

—Vos lo elegiste.

—Si vas a agredirme, corto.

—Dale, contame.

—Y nada, que terminé llamándolo yo con cualquier excusa. Es amigo de Lucio, no mío, debe de haberle sonado raro.

—¿Y?

—¿Y? ¿Y? Que ya está, nena. Lo tenés ahí el sábado envuelto para regalo.

—¿Lo convenciste?

—No menosprecies a tu amiga —fingió una voz empalagosa—. Yo convenzo a cualquier hombre de lo que quiero.

Diana le soltó una carcajada.

—No me dio nada de trabajo, un dulce. Ya vas a ver cuando lo conozcas. Bueno, ¿conforme?

—No sé cómo habrás hecho, ni quiero saber. ¿Me quedo tranquila, entonces?

—Dedicate a los canapés que al bombón lo llevo yo.

De: Diana
Para: Granuja
Enviado: jueves 24 de julio de 2003, 17:05
Asunto: "Sacás una idea de ahí...

..., un sentimiento del otro estante, los atás con ayuda de palabras, perras negras, y resulta que te quiero. Total parcial: te quiero. Total general: te amo. Así viven muchos amigos míos, sin hablar de un tío y dos primos, convencidos del amor-que-sienten-por-sus-esposas. De la pa-

labra a los actos, che; en general, sin verba no hay res. Lo que mucha gente llama amar consiste en elegir a una mujer y casarse con ella. La eligen, te lo juro, los he visto. Como si se pudiese elegir el amor, como si no fuera un rayo que te parte los huesos y te deja estaqueado en la mitad del patio. Vos dirás que la eligen porque-la-aman, yo creo que es al vesre."

Y no se diga más.

Diana

De: Granuja
Para: Diana
Enviado: jueves, 24 de julio de 2003, 20:47
Asunto: UAUUUUU!

Princesa, sin aire me dejaste. Estoy saliendo para una cena de trabajo, pero mas tarde te escribo. Esto merece una respuesta cortazariana. Un beso.

G.

XIII

Hay maneras ridículas de delatarse, pero ninguna tan tonta como la de hablar dormido. La noche en que Diana se enteró de que había una Victoria en la vida de su marido, fue por pura casualidad. Sólo entonces pudo anudar las piolas sueltas que Nando iba dejando, ocupado como estaba en estrenar sensaciones cada día. Fue tan brutal la certeza, que Diana no tuvo el valor para zamarrearlo hasta sacarlo de aquel sueño en el que, seguramente, retozaba con la otra, y gritarle en la cara que era un cretino. La despertó un movimiento brusco que arrastró las sábanas hacia el otro lado de la cama. Nando había quedado envuelto y parecía buscar una posición de total comodidad donde poder soñar a sus anchas. Ella metió sus pies en los de él y se quedó quieta, pero la noche estaba fresca y pensó que no lograría recuperar el sueño si no se tapaba. Giró con suavidad y estaba a punto de tirar de la sábana cuando lo oyó murmurar palabras incomprensibles. Le pareció divertido. Nando era tan formal en su vida diaria que daba gracia verlo hecho un gatito entreverado en el lío de sábanas. Pero, de a poco, lo fue ganando el desasosiego y las palabras parecían atropellársele en la boca. Fue en ese momento cuando dijo "Victoria". Lo dijo dos veces con una claridad espeluznante y la pobre Diana necesitó un buen rato para entender que esa noche alguien sobraba en la cama.

El día después, el peor de los días, mantuvo una serena fortaleza durante los pocos instantes en que estuvieron juntos, pero apenas él se fue, corrió a revolverle cuanto bolsillo tenía para encontrar cualquier cosa que le justificara la angustia. Se sentía indigna metiendo la mano con desesperación hasta el fondo de las costuras, arañando telas, desmenuzando pelusas y rasgando algún papel olvidado que resultó ser una boleta de la tintorería. Por supuesto que no encontró nada. Esos detalles casi siempre se tienen en cuenta. Casi siempre. A veces se dejan sin querer, aunque, en el fondo, quizá queriendo.

Cayó en la alfombra, extenuada. La imagen comenzó a perfilarse primero en una nebulosa de inseguridades y, poco a poco, se fue aderezando con pequeñas constataciones que transformaban aquella sospecha en una verdad: las llegadas tarde, el exceso de ropa nueva, el frasco de perfume en la gaveta del auto, los besos fugaces, el sexo obligado. Anduvo días deambulando en un tránsito mantecoso que la llevaba como autómata de la casa al trabajo sin más deseo que cumplir con los deberes y dormir todo lo que fuera posible. Se cuestionaba dónde había estado la falla, en qué eslabón suelto se rompía aquella cadena que había creído eterna. Buscó culpables, odió, quiso matar, a veces; y otras, apenas encontró la energía indispensable para levantarse de la cama. Si hubiera podido ver con la claridad que otorgan tiempo y distancia, habría caído en la cuenta de que no era Nando lo que más le dolía, sino sentirse sustituida. Pensó que estaba fea, que la otra, por definición, tenía que ser mejor, más joven, más linda. Y, como no podía ser de otra manera, quiso conocer a Victoria, otra forma de echar vinagre sobre las heridas.

Fueron semanas de sensaciones ambiguas en las que su universo se pulverizó en una nada de indiferencias. Daba lo mismo que la heladera estuviera vacía, que Tomás terminara la tarea, que perdieran el turno del dentista o que el color de su pelo asomara en las raíces con desvergüenza. Seguía los movimientos de Nando con una indiscreción elocuente, lo miraba fijo durante la cena o le hacía preguntas demasiado obvias que lo ponían en actitud de defensa anticipada. Pero jamás pudo verlos juntos ni encontrar el menor indicio material que le permitiera dar rienda suelta a la ira que la estaba consumiendo.

Hasta que una noche, justo antes de dormir, en ese instante que debería estar prohibido para cualquier confesión, le espetó a bocajarro la certeza de que tenía otra. Y Nando, que ya había olido esta inquietud en el aire espeso de su casa, negó con la rotundidad que venía preparando desde hacía tiempo y que le aseguró, al menos, el beneficio de la duda. Estaba convencido de que no se debía admitir una infidelidad aunque lo encontraran a uno en la misma cama. Aquélla fue una noche para olvidar. Diana se debatía en un llanto furioso desde el que apenas lograba articular alguna amenaza incoherente. Nando, con una cuota de cinismo que estimó el menor de los males, la consolaba diciendo que era pura fantasía. Los dos recorrían un camino doloroso en el que la dignidad se resquebrajaba y quedaban deudas pendientes que siempre alguien terminaría pagando.

No volvieron a hablar del asunto, aunque sobrevolaba entre ambos, como un espectro tenaz, la paradójica situación de fingir que se ignora que el otro sabe. Hicieron lo que tantas parejas que siguen su curso con la convicción precaria de que es preferible no enterarse, de que cerrar los ojos hará desaparecer el problema y recuperarán esa endeble tranquilidad que da el orden. Nando se esmeró en cuidar los detalles delatores y Diana aprendió a buscar excusas. De alguna manera, renovaron su contrato y aceptaron la farsa de que el amor se puede inventar con buena voluntad.

Tantas veces, masticando lapiceras en la soledad de su despacho, Nando se frustraba en el intento de encontrar la fórmula para que nadie saliera lastimado. Maldecía no saber hablar de sus sentimientos con la facilidad con que lo hacían Diana y Victoria, y maldecía el momento en que alguien le había enseñado a esconder el llanto. Trataba de recordar a su padre manifestando siquiera alguna tristeza, pero apenas lograba traer la imagen de un titán que se fortalecía con el sacrificio. Aquella equivocación cultural tomaba en su vida la dimensión de una tragedia.

Cuando se permitía esos momentos de introspección, volvía a los primeros tiempos y sentía que su relación con Diana no había estado tan mal. Parecía claro que no existía más razón para aquel desgaste que el tedio o quizá la necesidad de ser querido con ojos nuevos, descubrirse capaz de seducir como hacía veinte años; quién podía saberlo. A veces, creía que su matrimonio había empezado a desmoronarse desde el primer día, imperceptiblemente, grano a grano, como un castillito de arena.

Ahora, todo era Victoria, amor Victoria, vida Victoria, aire Victoria, luz Victoria, ternura Victoria, risa Victoria, universo Victoria, pasión Victoria, deseo Victoria, Victoria, Victoria, Victoria, Victoria, Victoria clavada en el pecho como esa puntada dolorosa que sentía algunas tardes justo en el lado izquierdo, naciéndole desde el brazo, y que se consumía en unos segundos. Aquella rara mezcla de culpa y felicidad lo estaba matando.

—Estoy jodido —pensaba, y encendía un cigarrillo con la colilla del anterior.

De: Granuja
Para: Diana
Enviado: jueves 24 de julio de 2003, 23:56
Asunto: "PERO EL AMOR... ESA PALABRA"

Cortázar sabia de estas cosas:

"Creo que soy porque te invento
alquimia de águila en el viento
desde la arena y las penumbras
y tú en esa vigilia alientas
la sombra con la que alumbras
y el murmurar con que me inventas"

G.

XIV

Como cada sábado, Mercedes inauguró la mañana poniendo la casa en orden. Ya no estiraba el brazo; ni siquiera le importaba que Lucio estuviera o no del otro lado de la cama. Abría los ojos, sentía que el día se le desplomaba encima y sólo lograba vencer la pereza cuando revolvía en su memoria hasta encontrar algún detalle casero pendiente. Entonces le venía un desasosiego que, a veces, terminaba en taquicardia, y que lograba levantarla para solucionar aquel desastre que amenazaba su mundo de seguridades. Jamás llegaba la sangre al río, porque el tal detalle no era más que alguna prenda por planchar o un vaso abandonado por Lucio en la pileta.

Estaba limpiando las gotas en la mampara del baño cuando cayó en la cuenta de que no le había preguntado a Diana qué llevar. "El postre", pensó, y con la dulzura vino a su mente la idea de que esa noche, aunque fuera de mentira, podría jugar a arreglarse para otro hombre. Era curioso, pero desde su ocurrencia en el bar no había hecho otra cosa que pensar en Bruno, y el motivo inicial de la reunión empezaba a parecerle una tontería. ¿Qué hombre soportaría a una engreída como Gabriela? "Pobrecito", se dijo, "¿cómo vamos a hacerle eso?". Y en el mismo instante en que sonreía con malicia, decidió que aquella reunión no tenía más razón de ser que probar si todavía podía seducir a un hombre.

Nando tomó su yogur de cada mañana, preparó un par de tostadas y salió a trotar por el parque. Era una hora que se regalaba los sábados, temprano, antes de que los autos atestaran las calles y el aire se enrareciera en una mezcla de ruidos y olores que ni siquiera la arboleda podía mitigar. Le gustaba correr; experimentar esa sensación de libertad metida en las piernas y que el viento le azotara la cara. Le gustaba también el cansancio saludable después del ejercicio y la comprobación semanal de que, rozando los cincuenta, aún se mantenía joven. Corría con la mente sintonizada en Victoria. Repasaba la textura de su piel mientras sentía los músculos ponerse a tono. Esa mañana, mientras corría y la desnudaba en su mente, se dio cuenta de que no llevaba reloj.

Lucio comenzaba su sábado un poco más tarde. Se tomaba su tiempo para estirarse en la cama, escuchar las noticias con la atención puesta especialmente en los deportes. Después, se duchaba y salía sin desayunar. En el quiosco lo esperaban con un cortado largo y dos medialunas rellenas, el mismo menú que venía repitiendo desde la infancia. No había mucho para hacer allí. Los empleados tenían idoneidad suficiente, más el estímulo de las comisiones, y se desenvolvían como si fueran los dueños. Lucio apenas hacía un simbólico acto de presencia y aprovechaba para hojear los diarios mientras desayunaba. Era un placer inmenso apoyar los pies en cualquier silla y comer sin preocuparse por dejar migas o la marca de un vaso en la mesa.

Ese sábado, Nando fue al club un poco más temprano que de costumbre. Se saludó con los amigos intercambiando las palmadas habituales en la espalda, con tanta brusquedad que parecía una forma sutil de golpearse. Si alguien lo hubiera sugerido, habrían quedado atónitos ante una conjetura tan disparatada. Sin embargo, apenas entraban en la cancha, se ponía en funcionamiento una maquinaria de exhibición física que terminaba pareciéndose mucho a una cordial batalla. Cruzaban insultos con la misma naturalidad con que se daban los buenos días, y cuando querían mostrar aprobación por una buena jugada, no encontraban mejor forma de traducir su alegría que descargando una mano abierta como un zarpazo.

Lucio merendó con su ahijado menor, que cumplía cuatro años. Como era su costumbre, había gastado en el regalo una suma exorbitante que hubiera sacado a Mercedes de las casillas si no fuera porque él jamás la participaba de esos gastos y ella tenía la inteligencia de no preguntar. De hecho, Lucio ejercía el padrinazgo en soledad, y hacía tiempo que ella se había desentendido de aquel molesto compromiso de tener que acompañarlo a fiestitas infantiles que solamente servían para recordarle la falta del hijo. La admiración inicial confundida con amor había ido dando paso a unos celos incontrolables, primero, y a la absoluta indiferencia, después. Así que Lucio decidió que aquella tarde de sábado disfrutaría con su ahijado hasta que llegara la hora de ir a la maldita reunión, de la que se hubiera excusado gustoso si hubiera sabido la fórmula para evitar el enojo de Mercedes.

Nando no se preocupó por el reloj. Aquel olvido parecía exonerarlo de la puntualidad. Era la primera vez en años que le pasaba esto. Lo llevaba como un apéndice natural de su cuerpo; se regía por él tan al segundo que su ausencia le hubiera causado desesperación en otras circunstancias. Se entregó al premio de una ducha caliente después del ejercicio y fue dejando que los músculos se ablandaran con un placer que lo llevaba, sin esfuerzo, a las tibiezas de Victoria.

***

Gabriela vomitó durante toda la mañana en un presagio funesto de que la reunión se estropearía. A eso de las once pidió un té y, cuando Diana se disponía a preparar cualquier yuyo convencional, le dijo que en su maleta traía unos saquitos de manzanilla y coca que levantaban muertos de sus tumbas.

—¡Coca! —se espantó Diana, como si ya viera irrumpir en su casa el jaleo de una brigada antidroga.

—Sí, coca, no seas burra, ¡por Dios! Es un té, nada más, se compra en el súper. Para un gramito de lo otro, se necesita bastante más que unas hojas.

Diana salió de la habitación refunfuñando acerca de tornillos sueltos y mundos patas arriba, mientras Gabriela trataba de controlar una náusea y se decía que a su hermana le vendría bien viajar un poco. Al rato, se olían en la cocina los primeros vahos del té y Diana, con los nervios de quien hace una travesura, se servía un pocillo y lo bebía a escondidas. Esperó unos minutos y comprobó con alivio que los ojos no se le escapaban de las órbitas ni le entraban ganas de salir a los saltos como un mono enloquecido. Cuando regresó con Gabriela, la encontró acostada junto a la caja, puesta como un animalito muerto en el hueco de su vientre.

—Esto no puede seguir así. Vas a enfermarte, Gaby.

—¿Y qué hago?

—No sé, terminemos de una vez. ¿Para cuándo te dijeron?

—Este martes no, el otro, a las diez.

—Bueno, hasta entonces olvidate, por favor.

Gabriela la miró con recelo.

—No entendiste nada, Diana —volvió a usar el vos como hacía cada vez que le afloraba su parte más íntima—. No entendés nada. Nunca entendés.

—¿De qué me estás hablando?

—¿Cómo voy a olvidarme? ¡¿Cómo vas a pedirme eso?!

Diana cambió la expresión por una dureza nueva y, de pronto, ambas volvieron a ser dos adolescentes peleando por un par de zapatos.

—¡No me grites!

—Te grito porque no puedo creer que sigas siendo tan estúpida. No cambiaste nada, Diana. Estás como hace veinte años, la nena buena. ¿Hasta cuándo?

—Cosas mías.

—¿No me digas? ¿Y te gusta esta vida de mierda que llevás?

—¿De qué hablás?

—De las pocas ganas que ponés en todo, del trabajo que no te gusta, de las ojeras que tenés, de la imbecilidad de andar prendida a una computadora...

En este punto, Diana abrió la boca como para devolver el ataque, pero las palabras quedaron atascadas en una mueca torpe.

—Sí, no me mires con cara de yo no fui —siguió Gabriela en un galope verbal extenuante—. Lo de la máquina es por un tipo, ¿no? ¿O te pensás que nací ayer? ¿Sabés qué pienso? Que está bárbaro, que ojalá te despiertes de una buena vez, que te saques esas telarañas que tuviste toda la vida. Pero no alcanza con la maquinita. Hay que verse, tocarse, olerse, ¿entendés?

—Estás muy mal, Gaby.

—¡¿Mal?! ¡¿Mal?! Estoy destruida, deshecha, no existo, estoy muerta. ¿Y qué? ¿Vos estás mejor, acaso? A mí no vas a venderme esa mentira de la estabilidad, Diana. Yo me la paso por el culo. Tu estabilidad, tu orden, todo. ¡Pura cobardía!

—¡Basta!

—Te morís de miedo. Estás cayéndote a pedazos, pero te morís de miedo. Y yo no soy como vos. Yo soy imperfecta, un desastre, pero no me entrego. Todavía me queda algo de vergüenza.

—¿Qué querés decir?

—Sabés bien a qué me refiero.

—Decí lo que tengas que decir.

—Que Nando te mete los cuernos hasta la médula, que se le nota a un kilómetro, se le huele, y vos seguís jugando a la pelotuda. ¿Qué pensás? ¿Que tus hijos no se dan cuenta?

Diana hubiera querido defenderse, pero sintió que la ira se disolvía en una baba de miedos y las palabras se volvían un aliento entrecortado. Gabriela recorría el camino inverso y se serenaba a medida que la otra iba perdiendo el control. Parecían dos ruinas de una niñez extraviada.

—No seas boba. Te lo digo por tu bien. ¿No ves que estás desperdiciando lo mejor? Sos linda; estás para titular, no para suplente —cambió el tono grave por una voz que quiso ser graciosa—. Y mirá qué par de melones. Ya quisiera yo.

La broma de Gabriela distendió el ambiente y Diana dejó escapar una risita. Estuvieron unos segundos sin hablar, con la mente en blanco, tratando de regresar cada una de su viaje interior.

—¿Querés que suspenda lo de hoy?

—No. ¿Por qué?

—No sé, como te sentís mal.

—Ya se me está pasando y ni siquiera me tomé el té.

—Te preparo otro.

—Voy yo. No quiero quedarme aquí todo el día. ¿Pensaste en la comida?

—Sencillita. Una picada y empanadas. Voy a comprar helado, por las dudas, pero seguro que Mercedes trae el postre. Nada de complicarse. ¿Y vos? Tenés que estar despampanante.

Gabriela resopló con suficiencia, se acomodó el corpiño y puso cara de comehombres.

—Pobrecito el tal... ¿cómo dijiste que se llama?

—Bruno.

—Pobrecito, Bruno. No sabe qué mujerón lo espera —se llevó los dedos a la boca e hizo un gesto como si le estuvieran saliendo colmillos.

Diana pensó que su hermana no tenía remedio.

—A veces —le dijo—, quisiera ser como vos. —La despeinó con una caricia y salió disparada hacia su cuarto porque llevaba más de una hora sin consultar su casilla.

De: Diana
Para: Granuja
Enviado: sábado 26 de julio de 2003, 08:45
Asunto: Lo de ayer fue...

...perfecto. Supuse que conocía a Cortázar, pero nunca tanto como para contestarme como lo hizo. Siento que ahora sí empezamos a sintonizar la misma frecuencia. Estoy casada y tengo tres hijos.
Diana

De: Granuja
Para: Diana
Enviado: sábado 26 de julio de 2003, 10:45
Asunto: POR FIN

Ahora entiendo, aunque todo era muy previsible, Diana. Creo que siempre supe que tenias una familia, pero me alegra que por fin me lo hayas dicho. No hay nada de que avergonzarse, son circunstancias de la vida. Yo estuve casado muchos años y se lo que se siente cuando no hay motivos para levantarse. Ahora solamente busco eso, una razon mas fuerte que las obligaciones. Me hace muy feliz recibir tus mensajes. Los espero como un niño y tengo miedo de que un dia ya no esten. Perdoname las presiones.
G.

XV

La casa parecía lo bastante limpia como para recibir gente y lo bastante desordenada como para que nadie se sintiera inhibido de despatarrarse en un sillón. Así les gustaba a Diana y a Nando. Era una de las tantas convenciones sobre las cuales se cimentaba su familia y una de las causas por las que les costaba desprenderse de aquellas estructuras sabidas de memoria sin las cuales se sentían perdidos. Incluso en las épocas tormentosas, cuando parecía resquebrajarse la paciencia y el vuelo de cualquier mosca era buena excusa para discutir, incluso entonces había una intimidad familiar en la que nadie penetraba, ni siquiera los amantes de ocasión. Era un espacio preservado de los otros en torno al cual apretaban filas los cinco; una valla de seguridad dentro de la que podían moverse sin temor. No se trataba más que de pequeños detalles, como la cantidad de azúcar en el café, la temperatura de la sopa o el modo de planchar las camisas, pero constituían una forma de ser familiar que los unía con lazos más poderosos que el mismo amor y les confería una identidad sin la cual perdían sus referencias.

Diana pensaba mucho en esto cada vez que Nando fracasaba en ocultar sus amores prohibidos. Se cuestionaba hasta el hastío acerca de la ética y la dignidad; se preguntaba dónde había quedado su orgullo. Y cuando llegaba al límite de la tolerancia, cuando creía que ésa sería la última vez, justo cuando comenzaba a delinear el discurso pomposo de la despedida, el miedo a perder los pequeños detalles de todos los días le desinflaba las fuerzas y armaba el circo de excusas que ni siquiera intentaba creer.

Encendió las luces bajas de la sala y puso un florerito con clavelinas sobre la mesa ratona. Pensó que reunirse allí sería más acogedor y acercó unos almohadones por si alguien quería sentarse en el piso. Trajo unas velas gordas, color crema, y otras pequeñas que dejó flotando en agua. Nando detestaba las velas, pero a ella le encantaba el efecto misterioso que producían, sobre todo después de unas copas de vino. Se sentó en el piso para disfrutar de ese raro instante de quietud. Encendió un cigarrillo y lo fumó despacio, aspirando el humo con un deleite que le hizo nacer el impulso de prender la máquina. Pero esta vez se contuvo a fuerza de una pereza tan encantadora como el último sueño de la mañana.

Gabriela llegó quince minutos antes de la hora prevista para que vinieran los otros. Entró desparramando un lío de bolsas y paquetes, con un atropello de palabras que querían contarlo todo a la vez. Diana le pedía que, por favor, juntara los papeles, que había pasado la tarde ordenando y que ahora ella le desmoronaba el esfuerzo en unos segundos. Era un juego que ambas conocían desde la infancia y a cuyas reglas se ajustaban con precisión. Sabían que aquello era un toma y daca en el que cada una descargaba sus reproches y manifestaba su admiración hacia la otra. Tensaban la cuerda del mutuo aguante y se regodeaban en los pequeños triunfos igual que cuando eran niñas y terminaban, tantas veces, enredadas en el piso tirándose de los pelos. Así que Diana asumió su rol de madre y la mandó a vestirse antes de que llegaran los invitados. Gabriela se entretuvo un rato hablando del color de un pantalón nuevo, probó la punta de una empanada y se quejó del mal gusto de haber puesto velas. Pero, antes de que Diana pudiera defenderse, sacó un encendedor del bolso.

—¿Para qué las prendés si no te gustan?

—Ya que están...

Con ese criterio práctico, se dio media vuelta y arrastró tras de sí aquella ciclotimia desconcertante que parecía ser su sello de distinción. Nunca se sabía, con Gabriela. Tanto podía encerrarse dos días sin comer en su cuarto, como irrumpir al tercero convertida en una Barbie. En esa incertidumbre que producía radicaba su encanto, porque era seguro que a su lado las horas nunca serían aburridas.

A las nueve sonó el timbre. Diana oyó la voz de Mercedes y maldijo su puntualidad. Después de tantos años debía haber supuesto que solamente Diana estaría pronta. Era previsible que la desidia de Nando y la ligereza vital de Gabriela no iban a transformarse esa noche por arte de magia, y que ella estaría hasta último momento levantando toallas húmedas y juntando colillas. Antes de abrir, Diana corrió como una lagartija desesperada cerrando puertas y gritando a los otros que se apuraran. Después, se detuvo frente al espejo del recibidor, acomodó el peinado y alguna arruga en la camisa blanca que había elegido entre las ropas de Gabriela. A la luz de los que venían a cenar, estaba presentable.

El timbre sonaba de nuevo cuando Diana abrió la puerta. Prendida de un brazo ajeno, Mercedes la miró con expresión triunfal. Parecía haber dedicado un mes completo a producirse, una pieza de platería recién lustrada. Demasiado colorete en los pómulos y los ojos delineados a la perfección le conferían una rigidez de estatua. El efecto era el opuesto al buscado; en un afán demasiado obvio por resaltar la belleza, no había hecho más que enterrarla tras una capa barrosa que la transformaba en un ser poco apetecible. Aquella piel cubierta por bases y polvos daba la sensación de una telaraña a la que uno podía quedar pegado con el mínimo roce de un beso superficial. Diana pensó que le recordaba a alguien y no fue hasta entrada la noche que vino a su mente, con nitidez, la máscara funeraria de Tutankhamón.

—¡Puntualidad inglesa! —gritó Mercedes mientras avanzaba sin soltarse del brazo.

Diana se apartó del umbral y los dos entraron como una pareja de siameses pintorescos. Cuando los tuvo de espaldas, hizo una primera evaluación. Avasallada por la luz de Mercedes, no había podido siquiera mirar al hombre, y ahora venía a descubrirle una imperdonable hilacha colgándole del borde del saco. Antes de que Mercedes repitiera su sonrisa, incluso antes de que la llave diera su doble vuelta en la cerradura, Diana ya había puesto algunas etiquetas. Y fue en el preciso instante en que giraba para indicarles que pasaran a la sala, justo cuando pudo mirarlo por segunda vez y descubrir que él también la estaba midiendo, fue entonces cuando pensó que aquel hombre no era para su hermana.

XVI

Apenas entró en la sala, Mercedes se desprendió del brazo, caminó con paso marcial hacia el cuadro y lo enderezó. Se preguntó por qué lo encontraba siempre torcido, como si fuera parte de una estética de avanzada que alguien se dedicaba a cultivar minuciosamente. Sin embargo, todo allí rezumaba puras convenciones, una corrección política que no excitaba ni la crítica ni la admiración. Todo salvo aquel extraño cuadro que a Mercedes le parecía un soberano mamarracho, un capricho de Diana para perpetuar la felicidad, para engañarse sintiendo que su vida estaba congelada en aquella fotografía.

—¿Y Nando? —preguntó por decir algo.

Diana señaló el dormitorio. Estaba en la cocina y podía ver a los otros a través del pasaplatos. Mercedes jugaba a ser dueña de casa y le hacía señas a Bruno para que tomara asiento, pero apenas se acercó al sillón dio un grito que quebró la frialdad de los primeros momentos.

—¡El postre! ¡Dejamos todo en el auto!

Bruno volvió a abotonarse el saco y caminó hacia la puerta. Parecía incómodo con la situación. Compartir una sala con dos mujeres que apenas conocía, en una casa nueva, sin mucho para conversar y apenas repuesto del vértigo de atender el tránsito y la cháchara de

Mercedes, no era su idea de una noche de sábado. Se sintió aliviado cuando encontró esa excusa para tomar aire. Había aceptado ir porque sus amigos lo hartaban diciéndole que tenía que conocer gente y porque se había propuesto combatir con firmeza las ganas de quedarse en casa un sábado mirando televisión. Diana se acercó con las llaves. Cerró la puerta tras de él y se quedó olfateando el aire.

—¿No es divino? —la voz de Mercedes la devolvió a la realidad.

—Tanto como divino, divino...

—¡Amarga!

—¿Tiene que gustarme? Es para Gaby, ¿no?

Mercedes frunció la nariz.

—Y no sabés qué caballero. Hasta me abrió la puerta del auto. Lucio lo hacía... antes. ¿Por qué será que se achanchan tanto con el matrimonio? ¿Te fijaste en que no tiene panza?

—¡A mí qué me importa!

—Pero bien que lo miraste, zorra. Pensás que no te vi, pero te vi, lo miraste bien mirado.

Diana desvió los ojos hacia su habitación y pensó que quizá aquella reunión no había sido una buena idea. Comparada con Mercedes, parecía una moza contratada para servir. Pensó en cambiarse de ropa, pero el miedo a ser obvia le hizo buscar cualquier ocupación que le disipara la minusvalía emocional que ya la estaba ganando.

—¿Vino?

—Dale, un vinito viene bien. ¡Ah! Dicho sea de paso, sabe de vinos como nadie. Es un experto. Te habla de no sé qué variedad y de tal o cual cosecha y te deja con la boca abierta. No entiendo cómo no lo vi antes. Claro, será porque es amigo de Lucio y no le presté atención. No me imagino de qué pueden hablar. A Lucio le da lo mismo tomar vino de caja, no se da cuenta, se lo das y le decís que es un Luigi Bosca y el tipo como si nada, hasta te agradece.

A Diana le molestaba el desprecio constante hacia Lucio. Sentía que esa falta de respeto hacía tambalear sus propias bases de fortaleza, el sustrato donde cultivaba, con esfuerzo, la paciencia y la resignación. Por eso, quizá, y porque cuando las cosas son dichas se vuelven más ciertas, guardaba para sí el dolor tremendo que la infidelidad de Nando le causaba. Cada vez que Mercedes se internaba en sus diatribas, buscaba cualquier tangente por donde salir escapando; pero esta vez no hubo necesidad porque Nando apareció como enviado del cielo y la salvó de forzar una conversación. Saludó a Mercedes con un beso de costado, que es el beso obligado impuesto por la cortesía.

—¿Cómo te va?

—Bien, ¿y a vos?

—Bien.

—Me alegro.

Se hablaban con un dejo de ironía, arrastrando las palabras como si estuvieran tomándose el pelo. Era una forma de decirse que a cada uno le importaba un rábano cómo estuviera el otro y que compartían el mismo desagrado, una antipatía mutua que les resultaba difícil controlar y que se translucía en cada palabra, cada gesto, la propia actitud corporal; esa displicencia con la que se trataban y que los mantenía a una distancia desde la cual podían lanzarse los dardos del sarcasmo sin lastimarse demasiado. Parecía que Mercedes, extendida en el sillón, erguida apenas la cabeza para saludarlo y vuelta a dejarse caer, le estuviera diciendo: "Mirá que a mí no me engañás". Y Nando, exhibiéndose con cierto pavoneo de macho dominante, las manos en los bolsillos, la piel lustrosa, oliendo a colonia, con la camisa abierta hasta el segundo botón, le contestara: "Vos sos la que le llena la cabeza a mi mujer".

Sonó el timbre.

—¡Seguro que es Lucio! —dijo Nando.

Ya había olvidado a Bruno y se sorprendió cuando lo vio entrar haciendo malabares con un paquetón y tres botellas. Pero lo que más lo sorprendió fue que Diana cambiara su expresión triste por una luz nueva que le encendió el rostro y la volvió repentinamente bella.

XVII

Era inevitable: la presencia de un hombre desconocido en la casa puso a Nando en actitud de alerta. Saludó a Bruno con una cortesía medida y le ofreció vino en un gesto que le permitió marcar territorio y dejar en claro quién era el dueño de casa. Lo estudió con la curiosidad que inspira lo nuevo, y apenas consideró que no representaba mayor peligro se entregó a una charla afable, natural para quienes se conocen desde hace mucho. Mientras hablaban, Mercedes se disculpó con la excusa de dar una mano en la cocina. Los hombres no contestaron y ella masculló algo de cerdos y margaritas que nadie se molestó en interpretar. Diana preparaba una tabla de fiambres; los doblaba en triangulitos y los disponía entre cubitos de queso. Cada tanto, levantaba la vista para seguir la conversación a través del pasaplatos.

—¿*Help*? —dijo Mercedes en un inglés rudimentario que se empecinaba en usar convencida de que le añadía brillo, aunque sólo manejaba una veintena de palabras mal pronunciadas.

—No te ensucies. Si querés, podés ir cortando el pan —volvió a mirar a los hombres que parecían entretenidos con la conversación—. Son geniales. Apenas se conocen y miralos, parecen de toda la vida.

—¡Ay, nena! —contestó Mercedes con sorna—.

Para hablar de fútbol no se necesita intimar demasiado.

En efecto, el fútbol parecía proporcionarles un área de interés donde no era necesario competir. Podían estar cómodos, incluso en la discrepancia, depositando en otros la responsabilidad de ganar o de perder. No había la menor posibilidad de frustración, nadie dudaría de su hombría, ni sería necesario preguntarse por los sueldos o el rendimiento en la cama. Otros once jugaban el partido por ellos. El fútbol era el lugar perfecto de encuentro para iniciar cualquier relación e incluso profundizarla sin quedar demasiado expuestos.

—¿A qué hora venía Lucio? —preguntó Diana.

—¿A mí me decís?

—Y si no sabés vos...

—Ni idea. Pero, da igual si viene o no viene, si se queda con sus marranitos o...

—Estás celosa.

—¡Por favor! ¡Celosa de esos mocosos! Mirá, para lo único que sirven es para sacarle plata, porque vas a ver cuando crezcan. ¿Vos pensás que les va a importar algo del padrino? Y lo peor, que el tipo piensa que lo eligen por bueno. ¡Por imbécil! Por eso lo eligen, porque saben que cuando regala no se anda con chiquitas.

—¿Te animás a servir esto? —Diana le extendía la tabla y la invitaba a callarse con un gesto amable.

Los hombres ya llevaban unos cuantos goles descritos al detalle, la elección del entrenador de la selección y un inventario prolijo de datos inútiles que iban desde una atajada fenomenal al delirio millonario del último pase. Podía decirse que habían establecido los cimientos para una amistad con buen pronóstico que consolidarían en dos o tres encuentros más si no se interponía, claro, el otro tema fundamental todavía no atacado, pero al que llegarían tarde o temprano: la política. En principio, se sentían cómodos, tanto que Lucio los tomó por sorpresa, como si ya nadie recordara que estaba faltando.

—¡Viejo! Un poco más y no venías. —Nando le palmeó la espalda e intercambiaron un beso como marca de una amistad antigua.

Lucio sonrió apesadumbrado. Parecía claro que estaba allí por compromiso, pero que sus ganas habían quedado en otro lugar, mezcladas entre cubos de colores y globos de cumpleaños, donde se sentía querido y nadie le recordaba a cada rato su inutilidad. Buscó a Mercedes con la mirada y le hizo un gesto que ella contestó con una mueca nada hospitalaria. Bruno ya se había puesto de pie y volvía a abotonarse el saco, como si se le fuera la vida en ese pequeño gesto que Diana captó desde la cocina. Aprovechó para mirarlo de cuerpo entero y no pudo reprimir una risita cuando vio que la raya del pantalón se abría en tres líneas bien marcadas. La invadió esa ternura irresistible que provoca en una mujer todo hombre solo y que despierta un erotismo casi maternal.

Vistos desde la perspectiva del pasaplatos, los hombres parecían tres viejos compañeros de escuela contándose los pormenores de la última aventura. Hablaban sin parar mientras picaban de uno y otro plato, sin preocuparse por un granito de pimienta que pudiera quedárseles atascado en los dientes o la mayonesa pegada a la comisura de los labios. Vencidos los primeros temores, había sido fácil, facilísimo enfrascarse en temas concretos y defender con lucidez excepcional las soluciones a los problemas más complejos.

Mercedes ya iba por su cuarta copa de vino y la cabeza empezaba a zumbarle. Cortó una rebanada de pan, la untó con una salsa verde y puso encima una feta de jamón. Pensó que apenas comiera algo se le iría ese malestar de los primeros vinos.

—Decime, nena, ¿tu hermana no piensa aparecer?

—¿Qué hora es?

—Diez y veinte.

—Voy a ver qué está haciendo. Debe de estar probándose esas porquerías que compró hoy. Seguro que no se decide por ninguna y termina con cualquier cosa. No sería la primera vez —se secó las manos en el repasador.

Mercedes le acomodó el pelo y pensó que a su amiga le hacían falta unas clases de sensualidad. Y un poco de alegría, también. Diana agradeció y salió de la cocina mientras la otra descorchaba una botella y se decía en voz baja que la ingrata de Gabriela no merecía el baile que le habían montado ni mucho menos quedarse con el premio mayor.

—Voy a ver qué le pasa a Gaby —dijo Diana cuando pasó por delante de los hombres. Se inclinó para besar a Lucio—. ¿Cómo estás?

—Aquí andamos, tirando. —No quiso contestar más porque se le atropellaban las palabras cuando se ponía nervioso, y terminaba diciendo una tontería.

Nando vio una oportunidad para intercalar uno de esos chistes obligados.

—Ya saben lo que dicen en Venezuela de los rioplatenses. Que somos muy machos porque siempre estamos tirando.

La risa colectiva apagó un ¡ja! que vino desde la cocina y que Lucio, entrenado en esos menesteres, conocedor de su esposa, fue el único que oyó, quizá porque lo estaba esperando. En lo que siguió de la noche, el chiste se volvió una válvula de escape cuando los silencios espesaron el aire, y más de una vez hubo sonrisas forzadas para disimular la incomodidad que produce la estupidez. Parecía una cita ineludible contar un chiste cada diez o veinte minutos, como si fuera necesario mantener a la fuerza el aire festivo que justificara aquella reunión. Más tarde, cuando Gabriela se les unió, rivalizaba con Nando en sus historias; una puja para ver quién lograba hacer reír más, quién resultaba más seductor o decía la obscenidad más provocadora. En el fondo, coqueteaban. Lo hacían con descaro frente a Diana, que percibía que algo no andaba bien en aquella camaradería exagerada, aunque lejos estaba de imaginar que detrás de cada provocación latía el recuerdo todavía caliente de una tarde de locura, tantos años atrás.

XVIII

Cuando Diana entró en el dormitorio de servicio, encontró a Gabriela envuelta en dos toallas blancas: una alrededor del cuerpo y la otra a modo de turbante. Estaba tendida en la cama boca arriba, con unas rodajas de pepino cubriéndole los ojos y una pasta amarronada esparcida por la cara, que le dejaba libre tan sólo la línea roja de los labios. Diana la zamarreó y la otra, rescatada del más encantador de los sueños, despertó de un salto con la duda de no saber en qué país estaba.

—¡¿Qué pasó?!

—¡¿Qué pasó?! ¡¿Qué pasó?! —la voz de Diana sonaba furibunda—. Hace más de una hora que está la gente y vos durmiendo. No tenés remedio, Gaby. Siempre la misma egoísta. Y yo que no aprendo más.

Gabriela ya estaba de pie y se quitaba la máscara con trapos húmedos. Diana recogió las rodajas de pepino y un par de algodones sucios perdidos bajo la cama. El cuarto era un verdadero estropicio de ropa tirada por cualquier parte, medias colgando de los pestillos, potes abiertos y un olor a esmalte de uñas que, entibiado por la calefacción, hacía difícil respirar. Solamente la cajita, tan inerte, tan sola, parecía ajena al caos.

—Vas a intoxicarte. —Diana abrió una ventana y el aire helado entró a raudales.

—No estaría mal —respondió Gabriela, con tanta seriedad que su hermana detuvo su recolección de objetos; pero fue un segundo al cabo del cual hizo como que no había oído.

—¿Cuánto demorás?

—Me visto, me hago un *brushing* rapidito, un poco de pintura y lista.

—¡Cuánto! —repitió Diana exasperada.

—Media hora. ¿Qué tal está?

—¿Qué cosa?

—El fulano.

Diana pareció llegar al colmo de la paciencia. Cerró la ventana con una violencia que hizo peligrar el vidrio y antes de salir mintió:

—Ni lo miré, pero si no te apurás, Mercedes te madruga.

Tal cual lo anunció, media hora más tarde Gabriela emergía del cuarto transformada en una muñeca. A Diana le nacieron sensaciones ambiguas, que iban desde la admiración a un cierto recelo que atribuyó al enojo por la desconsideración de su hermana. No era eso, sino que Gabriela estaba escandalosamente bella y a su lado, ella y Mercedes palidecían. Lucio quiso jugar al caballero y le extendió una mano, pero Nando, con la oculta idea de que todo lo que se movía en su casa le pertenecía de algún modo, se antepuso a la mano extendida y le ofreció un brazo que su cuñada aceptó. Las mujeres, acomodadas en los almohadones, se preguntaban si no era hora ya de ir al baño para retocarse un poco y criticaban en silencio el desparpajo de aquel pantalón demasiado ajustado; los hombres admiraban el ejemplar precioso que venía a estropearles la armonía.

Gabriela los saludó de a uno. Se detuvo apenas con

Bruno para darle el tiempo a que oliera su perfume en el instante breve del beso, y abrazó a Mercedes, que correspondió el abrazo y le dijo qué gusto le daba verla, lo linda que estaba, un poco más gordita, pero le quedaba bien. Agregó que seguramente había dejado algún corazoncito roto en Lima y luego se relamió las gotas de su veneno. Diana ya estaba en la cocina, donde parecía encontrar un refugio a su falta de gracia para comportarse en situaciones como ésa. Miró sus uñas y se avergonzó de no haberlas arreglado. Poco importaba. Gabriela estaba en escena y las cartas, jugadas. No había que preocuparse por nada más que servir las empanadas y el vino, que del resto se encargaría su hermana. Cuando volvió con la fuente humeante, los otros estaban enfrascados en la primera discusión de la noche y no le prestaron atención mientras avisaba que una muesca, carne; dos muescas, humita; tres, jamón y queso.

—Sesenta años. Se casaron en un campo de concentración. Y no saben la fiesta que hicieron. Parecían dos tortolitos. Una historia de amor de ésas... —contó Lucio con una cierta ingenuidad que a Mercedes le resultó insufrible.

—Lucio se compra todos los buzones —lo miró—. ¿Qué hablás de historia de amor? ¿Qué sabés? Si te invitaron a la fiesta por casualidad.

—Casualidad, no. Son clientes. A mí me gustó, fue emocionante. Los dos viejos rodeados por la familia...

Mercedes pidió a Bruno que le llenara la copa y elevó los ojos al techo en señal de fastidio, como pidiendo disculpas por su marido.

—En Lima supe de una pareja que llevaba casi setenta años —dijo Gabriela—. No puedo decir si eran tortolitos porque él tenía un Alzheimer galopante y no conocía a nadie. Ella estaba postrada, enferma, también. Gente de mucho dinero. Allá cuando se tiene, se tiene. Y los cuidaba un ejército de enfermeras y médicos. La casa parecía una clínica. La cuestión es que llevaban todo ese tiempo juntos.

—¿Qué importa si son dos o cien años, si no se dan cuenta? —volvió a la carga Mercedes.

—Bueno, no siempre estuvieron enfermos —terció Diana.

Mercedes parecía obstinada en romper cualquier ilusión.

—¿Y qué sabemos si antes funcionaban bien, si se querían? De pronto, fue un desastre. Todos conocemos gente que está junta toda una vida y se lleva como el culo.

A Nando le daba una pereza tremenda entrar en discusiones acerca de vidas ajenas. La incipiente borrachera de Mercedes iba a volver tediosa la charla, así que mejor sería alcoholizarla de una buena vez, a ver si se dormía y dejaba de hostigar al pobre Lucio. Pensó en Victoria y se preguntó cómo era posible que hubiera mujeres tan diferentes. Él no habría aguantado ni un segundo al lado de esta serpiente empecinada en fortalecer su autoestima sobre los despojos de su marido. Le llenó la copa con una sonrisa de hiena mientras Victoria venía a instalársele en el pensamiento, y fue tan poderosa su presencia que temió que se le notara. Nada le pareció más atinado para desviar la discusión hacia cornisas menos peligrosas que hacer mención a los vinos que Bruno había elegido.

—Este último, excelente. Mejor que el anterior.

Bruno asintió con un rápido parpadeo, tomó su

copa a medio llenar, la inclinó al trasluz y habló acerca de las cualidades del tinto. Lo hizo con tanta naturalidad que nadie se sintió apabullado, aunque, como resulta ineludible en estos casos, todos aprovecharon la ocasión para exponer las opiniones propias.

—Tiene un color divino —acotó Mercedes.

—Rubí —precisó Lucio y se arrepintió de inmediato. Quería tener la menor interacción posible con su esposa. La indiferencia de sus relaciones privadas se volvía agresividad cuando estaban en público.

—¡Rubí! ¡Qué exactitud, por Dios! ¡Hasta parece que supieras!

Bruno intercedió para afirmar que, efectivamente, ése era el color del vino, y Mercedes tuvo que ahogar en otra copa su humillación, aunque para esa hora poco distinguía las emociones y todo se le transformaba en un rencor desconcertante del que Lucio era el blanco elegido, quizás alentada por la equívoca idea de que el amor no tiene un límite para la tolerancia.

—Los romanos adoraban el vino —apuntó Gabriela, un poco para aliviar la tirantez, otro poco para lucir sus conocimientos de cultura latina. Todos le dirigieron la atención, agradecidos de encontrar una fuga para el malestar innecesario en que los había sumido Mercedes.

Diana se admiraba de aquella capacidad de su hermana para atraer a la gente; Mercedes la maldecía en silencio y los hombres se regodeaban divertidos esperando que pusiera el punto final, para dar alguna opinión sesuda mientras le miraban la línea perfecta naciéndole en el escote. Gabriela estimó que aquel era el punto de caramelo. Se irguió en el borde del sillón, la espalda levemente arqueada hacia atrás exhibiendo su busto bien torneado y, con toda la sensualidad que pudo dar a su voz, agregó paladeando cada palabra y entrecerrando los ojos:

—Esa gente sabía tomar y comer, y otras cositas, claro —sonrió—. Parece que preferían tomar el vino por separado para no estropearse el paladar con el gusto de la comida. ¿Me equivoco? —se dirigió a Bruno con algo de ironía y él contestó levantando apenas los hombros como diciendo "no sé", pero queriendo decir "no te vas a lucir a costa de mí, pedazo de creída".

—¡Qué banquetes! —siguió Gabriela, sin inmutarse por la indiferencia del otro—. Y aquel final, ¡Señor! Aquel final, las gaditanas bailando con los pechos al aire. ¡Uauuu! ¡Haber estado ahí!

Se detuvo, levemente excitada, sabiendo que su imagen semidesnuda danzando en plena orgía romana había surcado la mente de los otros como una estrella fugaz. El ambiente quedó cargado de un erotismo tal que Nando pensó si no eran preferibles los divagues de Mercedes. Se levantó sin decir palabra y fue a bajar la calefacción.

XIX

A medianoche, cuando los estómagos pedían tregua, Gabriela se descolgó con lo del amor irracional. Empezó como una forma de lucirse para dejar en claro que además de curvas también tenía cerebro. No siempre le había salido bien esa estrategia. Más de un hombre se asustó ante tanta exhibición cultural y, temeroso de que le recitara a Shakespeare en medio de un orgasmo, salió huyendo antes de la primera cita. Gabriela decía que era preferible así. Tampoco a ella le gustaban los cazadores de carne. No valía la pena gastar ni una gota de perfume en un hombre que no supiera valorar sus dotes intelectuales tanto como su cuerpo.

Hablaba de Florentino Ariza como si se tratara de un compañero de universidad al que tuviera que darle el piadoso consejo de que no valía la pena esperar cincuenta y tres años, siete meses y once días para recibir las migajas del amor de una mujer. Hablaba con una soltura irritante porque partía de la base, que ella misma sabía falsa, de que todo el mundo había leído *El amor en los tiempos del cólera*. Cuando advertía que alguien no se animaba a preguntar si Fermina Daza era un personaje de ficción o una peruana altanera, pedía disculpas y se metía en el terreno que más le gustaba. Entonces, si los demás lograban franquear el primer rechazo a la sabiondez, surgía algo de admiración hacia aquella mujer que se movía entre libros con un deleite contagioso.

—Ella lo despreció. "Pobre hombre", eso pensaba de él. Y para colmo, se le casó en las narices con el tipo más codiciado, lleno de dinero, poder; en fin, el mejor partido.

—¿Y qué pretendías? —increpó Mercedes con el resto de lucidez que le iba quedando.

—¡Pero él no la quería! En cambio, el otro sí.

—Uno no se enamora de quien quiere, sino de quien puede. —Diana se oyó decir estas palabras y le pareció que había hablado demasiado pronto; semejante reflexión exigía una defensa que la desbordaba. Iba a levantarse con cualquier pretexto, como cada vez que necesitaba huir, pero Bruno, súbitamente interesado en la discusión, le pidió que, por favor, se explicara.

—Quiero decir —se maldecía por haberse metido solita en tamaño berenjenal— que a veces las circunstancias tienen que ver. Me refiero a cómo nos han educado, las posibilidades de comparar, qué sé yo, uno va cambiando, ¿no?

Nando, que rara vez prestaba atención a sus argumentos, sintió que aquella campana doblaba para él.

—Querrás decir que uno elige lo que puede. ¡Mirá qué bonito!

—No lo digo por vos, Nando —Diana trató de suavizar el tono—. Algo así como que lo que parece bueno en un momento puede no serlo en otro. Me refiero a que Fermina quizá creyó que el marido... —miró a Gabriela— ¿Cómo se llamaba?

—Urbino, Juvenal Urbino.

—Que Urbino pudo parecerle el hombre más adecuado para el momento en que lo eligió. Pero, con el tiempo, sus necesidades quizá cambiaron, no sé, no leí el libro, estoy diciendo cualquier pavada.

Se levantó sin dar tiempo a que alguien le prolongara la incomodidad con otra pregunta y volvió a la cocina.

—Yo lo leí hace tiempo —dijo Nando— y me acuerdo de que me calenté con el tal Florentino por ser tan cornudo. La tipa lo ignora y él sigue prendido. Y no fue porque no tuviera mujeres, porque las tuvo y del color que pidiera, pero estaba como emperrado en que quería a aquélla y dale que va, humillación tras humillación hasta que la consigue. Al final, no me quedó la sensación de un amor poderoso, más bien algo del tipo de "persevera y triunfarás". Hubiera preferido que la dejara plantada como se merecía. El tipo que espera y espera su turno y cuando la tiene pronta, ¡zas! Me parece que la historia hubiera tenido más sentido.

—La gente quiere finales felices —acotó Lucio.

—Puede ser, viejo, puede ser en la literatura, pero en la vida es poco probable que a una persona le salgan las cosas redondas, sobre todo si tiene casi todo en contra.

—Yo conozco un caso de ésos —dijo Lucio como si estuviera evocando otra novela—. ¿Te acordás de Maciel?

—¿La gorda?

—¿Gorda? Tendrías que verla ahora. Bajó más de cincuenta kilos, se casó y tiene gemelos —agregó con orgullo—. Soy el padrino de uno de ellos; Mario, como el padre. Y te aseguro que la pobre tocó fondo. Me consta que no fue fácil, que no es fácil.

—Yo creo, volviendo al tema del amor —dijo Gabriela con una seguridad que marcaba la clara diferencia con su hermana—, que es un asunto de irracionalidad. Cuando uno se enamora, la razón tiene poco que hacer. Pasa el primer flash, que es pura calentura, y uno sabe que está a punto de meter la pata, ve los defectos, ve todo. Pero se miente. ¿Por qué? Misterio. Y termina convenciéndose con argumentos flojitos. Es lo que digo, no hay nada más irracional que el amor.

—Brindo por eso —Lucio levantó su copa.

—Y yo brindo por el derecho de toda persona a ser amada irracionalmente, al menos una vez en su vida —con este gesto Gabriela pretendió dar por zanjada la cuestión.

—¿Aunque dure poco? —preguntó Bruno por fin interesado en algo que valía la pena discutir y decidido a que la última palabra no la tuviera aquella malcriada con desplantes de diva.

—Siempre dura poco, corazón —le respondió Gabriela y le dio a su tono un aire de maestra que enloquecía a más de un hombre—. Lo bueno se termina pronto. No hay quien pueda con eso. Al diablo la sorpresa, la emoción, todo se vuelve costumbre, no hay nada por descubrir...

—¿Ah, sí? Entonces, ¿cómo hace la gente que está junta por tantos años?

—Se aguantan y se meten cuernos, y se aguantan, y más cuernos para alegrar un poco la vida, y se aguantan, y, con suerte, guardan algo del cariño de los primeros tiempos, y con eso llevan la cosa hasta que uno se muere. Después empieza otra parte de la historia, que es como un segundo enamoramiento; el muerto pasa a ser la mejor persona del mundo y todo ese verso, pero si prestás atención, sobre todo a las viuditas, vas a ver que apenas quedan solas empiezan a rejuvenecer. Lloran un tiempo y un buen día las ves entrar a la peluquería para teñirse las canas.

—Mis viejos se quieren —terció Nando.

—Estoy hablando en general, cuñado.

—Lo que quiero decirte es que no todo tiene que ser como vos lo pintás.

—Papá y mamá también se querían —acotó Diana como una tenue defensa.

Gabriela recuperó aquella dureza de miedo en los labios y le clavó una mirada fiera que la hizo callar.

XX

Diana pensó que nada vendría mejor a la borrachera de Mercedes que un café bien cargado. Encendió la cafetera y se alegró de haber encontrado una excusa válida para prolongar su ausencia. Estaba molesta, incómoda por la mala idea de la reunión. Gabriela y Bruno habían llevado la conversación al límite de la disputa y era evidente que no había indicio de atracción alguna. Ella no disimulaba que se aburría a muerte cuando él explicaba las características de la última botella abierta y apenas pudo controlar un bostezo que fue el signo más evidente de que la química no se había producido. Bruno, por su parte, tampoco le hacía mucha fiesta. Cualquiera de los otros dos hombres se mostraba más impactado que él. Hasta Lucio, que sólo se conmovía con alguna monada de los ahijados, el único tema de conversación donde parecía moverse con fluidez, hasta al bueno de Lucio se le iban los ojos cada vez que Gabriela se inclinaba y exhibía la redondez perfecta de su cola.

—¡Qué pérdida de tiempo! —pensó Diana y de inmediato recordó que en el trajín enloquecedor del día había olvidado consultar su casilla desde hacía horas. Se deslizó hasta su cuarto y encendió la computadora. Aprovechó esos minutos para fumar un cigarrillo y deleitarse con la ilusión de imaginar qué encontraría en la pantalla. Desde la sala llegaban voces entreveradas con la risa cristalina de Gabriela. Diana se estiró en la silla mientras los mensajes comenzaban a bajar. Con qué gusto se hubiera quedado allí y que los otros terminaran de emborracharse sin ella.

La alegría duró poco. Granuja no daba señales de vida. Era lo último que podía pasarle aquella noche. Le vino una súbita tristeza que le consumió las energías por un buen rato y la hizo olvidar que era la anfitriona de una reunión en la sala de su casa. Nada parecía importar ahora. Lo imaginó aprontándose para salir, un buen baño, ropa elegida con cuidado para seducir a la mujer de turno. Luego, habría subido a su auto, un auto nuevo, habría puesto música apropiada, y a buscarla. Ella era joven, un poco vulgar, pero provocadora, sabía mostrar lo que se debe. Se besaron. Pensaba llevarla a cenar primero, pero para qué perder tiempo.

—¡Diana! —apoyada contra el marco de la puerta, apenas manteniéndose en pie, Mercedes parecía rescatar algo de lucidez como para darse cuenta de que no era el momento de estar sentada frente a una computadora.

Diana se sobresaltó. Apagó la máquina sin haberse tomado el trabajo de cerrarla correctamente, como quien es descubierto robando un bombón y lo tira debajo de la mesa.

—¿Qué necesitás? Ya voy.

—Me estoy meando.

Diana la tomó del brazo y dejó que descargara su peso en ella. Fueron hasta el baño. La ayudó a sentarse en el inodoro.

—Tomaste mucho, Merce. Estoy preparándote un café.

La otra le agradecía con una media sonrisa y alguna palabra incomprensible mientras se subía la ropa interior con dificultad.

—Lavate un poco. Dale.

Mercedes se empapó la cara y levantó la cabeza. Por un instante, las dos mujeres quedaron mirándose en el espejo.

—Soy un asco.

—No sos un asco, se te corrió el maquillaje, nada más. Ahora volvés allá, te tomás el cafecito y ya está.

—¿Para qué? ¿Para ver cómo tu hermanita se levanta a mi marido, a tu marido, al otro?

—No digas pavadas, Mercedes. Pasate más agua, ¿querés?

Mercedes no había dejado de mirarla a través del espejo. El exceso de maquillaje era ahora una máscara que le embarraba la tristeza.

—Mirá que estoy vieja, ¿eh?

—Estás bien, Mercedes. ¿Qué decís?

—Estoy vieja, no me mientas, ¡estoy vieja!

—Te digo que no, estás preciosa. Si tenés una piel lindísima —le acarició el cuello, pero la otra hizo un gesto brusco como si el roce de la mano la quemara.

—Vos porque tenés hijos —dijo con aspereza—. Vos podés envejecer tranquila.

En la cocina, el café estaba pronto desde hacía rato. Nando esperó los minutos razonables para que Diana apareciera, pero como no daba señales de vida se levantó molesto. Fue hasta su cuarto, entró al baño y encontró a las mujeres sacándose el maquillaje con algodones.

—¿Qué hacen?

Diana intentó la mejor sonrisa.

—¿No ves? Nos estamos arreglando un poco. Ya vamos. ¿Por qué no preguntás si alguien quiere más empanadas?

Nando le hizo una guiñada comprensiva y volvió a la sala.

—¿Alguien está para una empanadita más?

—Yo estoy que exploto —dijo Lucio y los otros asintieron.

—Entonces esperamos un poco y comemos el postre.

—¿Y las mujeres? —preguntó Gabriela.

—En el baño. Componiéndose.

Lucio enrojeció y a Gabriela le dio tanta pena que trató de desviar la conversación hacia cualquier otro asunto que no fuera el papelón sostenido de Mercedes.

—¡Ah! Yo creí que mi hermana estaba en su computadora.

—En honor a ustedes creo que no la ha prendido, pero habitualmente a esta hora está enchufada —dijo Nando.

—Es impresionante. Primero no quería saber nada y ahora se la pasa enganchada –agregó Gabriela.

—Le vino un ataque, de golpe. Si te digo que a veces me despierto de madrugada y me la encuentro dele teclear... Ya se le va a ir. ¿Te acordás de cuando le dio por la pintura? Se pasaba todo el santo día con los pincelitos. La de plata que habré gastado en eso. Y un buen día, se aburrió, tiró todo al diablo y no volvió a pintar. Será igual con esto.

Gabriela se arrepintió de haber propiciado ese diálogo que estaba dejando a su hermana como una soberana imbécil.

—Yo creo —acotó con la agudeza de quien enhebra una aguja al primer intento— que encontró algo en la red que la atrae mucho.

Nando no se dio por aludido. Bruno y Lucio intercambiaron miradas, pero la suspicacia quedó reducida a sobrentendidos que revolotearon apenas y fueron a consumirse en la prudencia como mariposas en la luz.

XXI

El café tuvo la virtud de sofocar los efectos del vino hasta convertirlos en una resaca molesta. Mientras no intentara discursos pomposos, Mercedes podría, al menos, comer el postre en paz antes de que Lucio la metiera en el auto y la llevara a dormir la mona en su cama.

—Aquí estamos y con esta delicia —dijo Diana con la mayor alegría que pudo imprimir a su voz.

Lucio se levantó para ayudarla. De buena gana hubiera ofrecido el brazo a Mercedes, pero temió un nuevo desplante y prefirió la seguridad de la torta helada. Bruno era el único que parecía rescatar algo positivo de aquella farsa. Dentro de su reserva, algo indefinible lo había mantenido expectante, como si de un momento a otro fuera a desatarse una tormenta o a brillar un improvisado arco iris en la sala. Desde el mismo instante en que vio a Gabriela se disiparon sus dudas y tuvo claro cuál era su papel esa noche. Quizá por eso le produjo un leve rechazo que en otra circunstancias no habría tenido justificación. Gabriela le resultaba atractiva, cómo no, pero lo fastidiaba que hubieran montado esa escena para pescarlo y se resistía a seguirles el juego. Sólo por Diana hacía el esfuerzo de no retirarse antes de tiempo. Le daba una pena inexplicable hacerle el desprecio de una despedida fuera de tono, como si aquel intento por conservar un cierto equilibrio de las cosas, ese ir y venir frenético de la sala a la cocina, esa invisibilidad merecieran que alguien le rindiera un mínimo tributo. Pero, además... además, ella había dicho algo, más temprano, unas palabras que lo tenían inquieto.

Gabriela se lució cortando la torta y depositando las porciones en los platos, erguidas, perfectas, como si se hubiera entrenado toda la vida para eso. Mercedes proclamó que había que brindar y, aunque nadie pudo pensar en una razón que valiera la pena, Nando trajo una botella de champán. Lucio se ofreció para descorcharla, la agitó con ganas y el corcho salió disparado con tan mala suerte que fue a dar justo en el cuadro familiar y atravesó la frágil tela. Hubo un momento de silencio que se hubiera podido cortar a navajazos, un momento de hielo en el que se agitaron las almas y cualquiera hubiera golpeado a cualquiera de buena gana. El corcho había quedado encastrado en el pecho de Andrés y a Diana le corrió por el cuerpo el escalofrío de que aquello fuera una premonición terrible.

—¡Imbécil! —gritó Mercedes—, ¡mirá lo que hiciste!

Lucio la miró con una severidad nueva que a ella no pareció importarle. Se había puesto de pie y estaba parada en un delicado equilibrio sobre los almohadones, con el pelo enredado como una medusa decadente.

—Ya está, Mercedes, calmate.

—¡Imbécil! —repitió—. ¡No servís para nada!

—Por favor, Mercedes... Vamos a casa. Estás borracha. —Apoyó la botella en la mesa e hizo un movimiento hacia su esposa; antes de poder tocarla ella le saltó al pecho y comenzó a golpearlo.

Lucio intentaba abrazarla, pero se había transformado en una fiera y no había manos que pudieran contenerla. Descargaba golpes e insultos y la excitación parecía enfurecerla. Hasta que Lucio no aguantó y le dio con la mano en plena cara. El golpe produjo el efecto de romper el círculo de furia, pero dio paso a un desconcierto brutal. Mercedes se tocaba el rostro caliente. Cayó desplomada sobre los almohadones y se enroscó sobre su cuerpo hasta quedar tiritando convertida en un ovillo patético. Lucio se veía destruido, como si el golpe hubiera rebotado y vuelto sobre él. Buscó su saco y salió sin despedirse.

***

Mercedes tomó un sedante y se durmió. La acostaron en la cama de Gabriela y volvieron a la sala con la sensación de estar acompañándose en un velorio. Eran casi las dos de la mañana y el sopor del agotamiento empezaba a envolverlos en una neblina donde las emociones se mezclaban y no quedaba claro si primaba el cansancio o la amargura. Nando trajo café para todos.

—¡Chan, chan! —dijo con un tono que quiso ser gracioso, pero que no logró arrancar ni un atisbo de sonrisa.

—Tu amiga es una loca —Gabriela se había estirado en el sillón, con las piernas un poco separadas, en una actitud indolente ya sin pretensiones de seducir a nadie.

—Está angustiada.

—¿Y eso le da derecho a tratar así al pobre hombre?

—Tomó demasiado —insistió Diana en su defensa.

—Antes de emborracharse ya estaba tratándolo mal

—intervino Nando—. Y no la defiendas, por favor, toda la vida ha sido así, una loca de mierda. No sé cómo es tu amiga.

Diana apoyó la taza en el piso como si necesitara de todo su cuerpo para contestar.

—Yo no te elijo las amigas; no me elijas las mías, Nando. —Había calma en su voz.

La casa dejó por un instante de ser una casa, la sala una sala, ellos ya no fueron ellos sino espectadores de un cuadro en el que los personajes eran otros. Nando abandonó el café a medio tomar, dio las buenas noches y desapareció en la oscuridad de su dormitorio. Gabriela hacía gestos desde el sillón, como quien aplaude sin hacer ruido y levantaba los pulgares. Pero Diana no se sentía vencedora de ninguna batalla. Sabía que aquello recién estaba empezando y que había mucho por conversar. Fue hasta el cuadro y sacó el corcho. Alisó la tela con la mano hasta que la marca no fue más que una cicatriz en el saco aterciopelado de Andrés.

—Ni se nota —dijo Gabriela.

—Sí, se nota. Esta marca es para siempre.

—Se puede zurcir.

—¿Para qué? Dejala, así me acuerdo. Además, voy a tirar el costurero, sobre todo el dedal. Basta de dedales.

Bruno percibió que sobraba en aquella atmósfera construida sobre la base de relaciones antiguas. Se levantó y anunció que se marchaba. Gabriela ni se molestó en incorporarse. Le hizo un gesto que él correspondió con la mano. Diana lo acompañó hasta la puerta.

—Lamento este desastre.

—No te preocupes —le dijo él—. Tengo entrenamiento en discusiones. Mi divorcio está siendo un horror. Yo tampoco estoy en mi mejor momento. Ando desconfiado, paranoico, nunca sé de dónde viene el puñal. Estoy viviendo un infierno. Saliendo, bah...

—Mercedes me contó —se mordió el labio con una cierta coquetería—. No sé si tendría que decírtelo, pero supongo que ya sabrás por qué viniste.

—Desde que vi a tu hermana.

—¿No te molestó?

—Algo. —Y añadió:— No se parecen en nada. No me gustan las mujeres así —le dedicó la mejor sonrisa de la noche—. Me refiero a que tu hermana es un poco...

—¡Terremótica! —completó Diana con la definición más exacta que tenía para Gabriela.

—Eso sí, y después de vivir en el caos, lo que uno quiere es un poco de paz.

—A mí me pasa lo contrario, siento que he tenido demasiada paz. —Pensó antes de seguir.— Estuve mal, hace un rato, con Nando. No tendría que haber dicho lo que dije. Los hice sentir mal a todos.

—Por favor, fue una noche muy tensa. Además, no dijiste nada del otro mundo —se detuvo de golpe, como si hubiera recordado algo importante—. Una pregunta antes de irme: ¿por qué el dedal?

—¿?

—Ibas a tirar el costurero...

—¡Ah! Es que mi hermana siempre me dice que vivo en un dedal. Y tiene razón.

—O sea que viene un tiempo de cambios.

—Si me alcanza el valor.

—¿Y por qué no?

—Porque a veces tira más la comodidad, el miedo...

—También hay un límite para la hipocresía. Uno no puede mentirse todo el tiempo, ¿no?

—¿Y de dónde salen las fuerzas?

—Del propio cansancio.

—¿Pero cómo se sabe cuándo es el momento?

—Cuando ya no das más, Diana. Al final, después de aguantar, después de engañarse mil veces y esperar el milagro del cambio, uno termina por aceptar que está siendo un hipócrita, que se miente desde que abre los ojos y sigue mintiéndose hasta que los vuelve a cerrar. Eso no es vida. Uno no puede engañarse para siempre. Y es ahí, Diana —le tomó las manos con suma delicadeza—, es ahí cuando hay que decidir si convertirse en buen vino o ser una simple uva desprendida del racimo, una uvita sin importancia que nadie echa de menos..., ¿me entendés? Pura granuja.

XXII

Diana no se acostó en su cama. Entró en el dormitorio y oyó la respiración de Nando perdido en un sueño que le era indiferente. Se sentó frente a la pantalla y esperó. Pasadas las tres llegó el mensaje. Lo leyó con un temblor de alegría y respondió buscando la elocuencia total en la brevedad de las únicas palabras que le salieron sin esfuerzo. Apagó la computadora y se sintió tranquila. Después de un tiempo insondable en el que había vivido haciendo equilibrio sobre la cuerda imaginaria del autoengaño, después de tanto tiempo se sentía tranquila. Paseó la mirada por la habitación y le pareció un lugar tan ajeno como cualquier cuarto de hotel, con una tuna triste queriendo ser flor y no. "Quizá mañana abra", pensó, "quién sabe". Volvió a la sala. La casa parecía una playa desangelada al amanecer. Gabriela dormía en el sillón. Acomodó los almohadones, se tapó con una manta vieja y se acurrucó vestida, a los pies de su hermana.

Al rato apareció Mercedes. Le tocó el hombro, le dijo que se iba y que más tarde la llamaba. Diana no estaba dormida, pero no tuvo ganas de levantarse. ¿Qué importaba? Que cada cual se hiciera cargo de su vida. Bastante tenía ella con aquel tropel de pensamientos empujándose en su mente como una manifestación enloquecida.

Nando se levantó cerca de las ocho. Pasó a su lado en puntas de pie y Diana pudo ver, a través de la línea fina que dejaban sus ojos entrecerrados, que ya se había vestido para ir a correr. También sabía que Nando corría para alejarse de aquella casa en la que ya no quería estar. Esa noche, pensó Diana, todo iba a cambiar. Nando no encontraría la comida esperando y a ella como una estúpida detrás del pasaplatos o mirando la tele. Cenaría con Gabriela, afuera o en cualquier otra casa.

Esperó que saliera, se levantó con dificultad y estiró la pierna izquierda con fuerza para evitar un calambre que empezaba a endurecerle la pantorrilla. Se mantuvo como una garza absurda, en el medio de la sala, rodeada por un barullo de platos sucios y servilletas de papel. Alguien había quemado el respaldo del sillón con un cigarrillo. Iba a murmurar una mala palabra, pero le salió una carcajada explosiva que sacó a Gabriela del sueño.

—¿Qué hora es?

—Temprano. Dormí.

Gabriela se dio media vuelta y quedó de cara a la pared. Diana la tapó con la manta y fue a darse el baño que estaba necesitando desde hacía horas. Fue una ducha memorable. Ni siquiera se enjabonó; solamente se dejó estar bajo el agua caliente hasta que no hubo más. Y mientras lo hacía, pensaba que aquélla era la primera ducha de su vida.

Cuando Gabriela se despertó, ya era casi mediodía. Afuera hacía frío y los vidrios de las ventanas estaban empañados, pero había un sol tibio que invitaba. Diana estaba sentada frente a ella y le sonreía. No había juntado ni un plato de la mesa. Parecía una reina boba sobre su trono de desperdicios.

—¿Qué hacés? —dijo Gabriela, pero bien podría haber preguntado: "¿Cómo es que no ordenaste este relajo?".

—Te miro.

—¿Y por qué me mirás? ¿Qué pasa?

—Nada. ¿Por qué tiene que pasar algo?

—No sé. Estás rara. ¿Se fueron los demás?

—Hace horas.

—¿Y vos?

—Yo, ¿qué?

—¿Qué hacés sentada ahí, mirándome?

—Estaba esperando que te despertaras.

—Me levanto y te ayudo con todo esto.

—Ni te muevas —dijo Diana—. No pienso mojarme las manos.

—¿Querés que limpie yo? Estás rarísima.

Diana volvió a sonreír y estiró los brazos hacia atrás.

—Por mí, si querés limpiar...

Gabriela se incorporó de un salto y se sacudió la manta. El sol le daba justo sobre la cabeza y el pelo rojo lanzaba unos destellos de cobre que la hacían más bella aún. Diana se vio linda en el reflejo de su hermana.

—Gaby, estuve pensando. ¿Por qué hay que esperar tanto?

—¿De qué hablás?

—De tu hija. No es necesario pasar por eso.

Gabriela la miraba y no alcanzaba a comprender qué embrujo había poseído a su hermana mientras ella dormía. Aquello era una mala caricatura de la bella durmiente que despertaba luego de un sueño de cien años.

—Diana, ¿qué decís? Tuvimos una noche espantosa. Acabo de abrir los ojos y me salís con esto.

—Escuchame.

***

Salieron al jardín cuando el sol ya había evaporado la escarcha y el césped relucía como la cara fresca de un hombre recién afeitado. Diana iba delante. Gabriela volvía a ser la pequeña; se dejaba guiar con un desconsuelo de cachorro perdido. Sentía que había llegado al límite de las fuerzas y que no volvería a recuperar la calma hasta que todo aquello hubiera terminado. Subieron al auto en silencio y así transitaron por las calles vacías. Gabriela apretaba la cajita contra el pecho y su mente se diluía en un mar blanco, una lechosidad parecida a la nada de donde vienen los vivos y adonde van los muertos.

Diana conducía con los brazos estirados y la cabeza inclinada hacia atrás. Conducía sin pensar, como si la ruta estuviera marcada en un mapa imaginario o fuera un camino ineludible que debían recorrer si querían llegar a alguna parte. Y fue cuando el olor a sal le pegó de lleno en la cara que supo que el viaje había terminado.

—Aquí estamos.

—¿Vos creés que las cenizas se llevarán todo? —preguntó Gabriela temblando.

—Menos la memoria.

—¿Y para qué sirve recordar?

—No sé, supongo que para no seguir equivocándose.

—¿Y el dolor, Diana? ¿Qué se hace con tanto dolor?

—También de eso se aprende.

Dejaron el auto en el promontorio frente al río, donde habían estado el día de la llegada, camino a la casa. El sol era ahora un sol de mediodía y calentaba el aire con una tibieza encantadora. Soplaba la brisa justa, que no era un viento destemplado ni la calma mansa que precede a la tormenta. Gabriela fue hasta el vértice de la loma y se detuvo unos centímetros antes de la pendiente. Llevaba la cajita como si fuera a ofrecerla en sacrificio. Apenas abrió la tapa, la inclinó un poco y el aire hizo todo lo demás. Cerró los ojos con la sensación de haber cumplido. Diana la miró emocionada. Se paró detrás y la abrazó con fuerza. Gabriela le apretó las manos y se quedaron mudas hasta que las cenizas queridas se desvanecieron.

—Ya está.

—No, Gaby, esto recién empieza. ¿Cómo te sentís?

Gabriela iba a decir "bien", pero vio tanta seriedad en la expresión de su hermana que no tuvo dudas de que aquella pregunta contenía también un desafío. Estaba descolocada, un poco aturdida. Pensó unos segundos antes de responder.

—¿Que cómo me siento? Libre. ¿Y vos?

—Con ganas de dejar huella —contestó Diana y arrastró a su hermana en una carrera desaforada hacia la orilla del río ancho como mar.

Este libro se terminó de imprimir en el mes
de mayo de 2005 en Kalifón S.A.,
Ramón L. Falcón 4307,
(1407) Ciudad de Buenos Aires,
República Argentina.